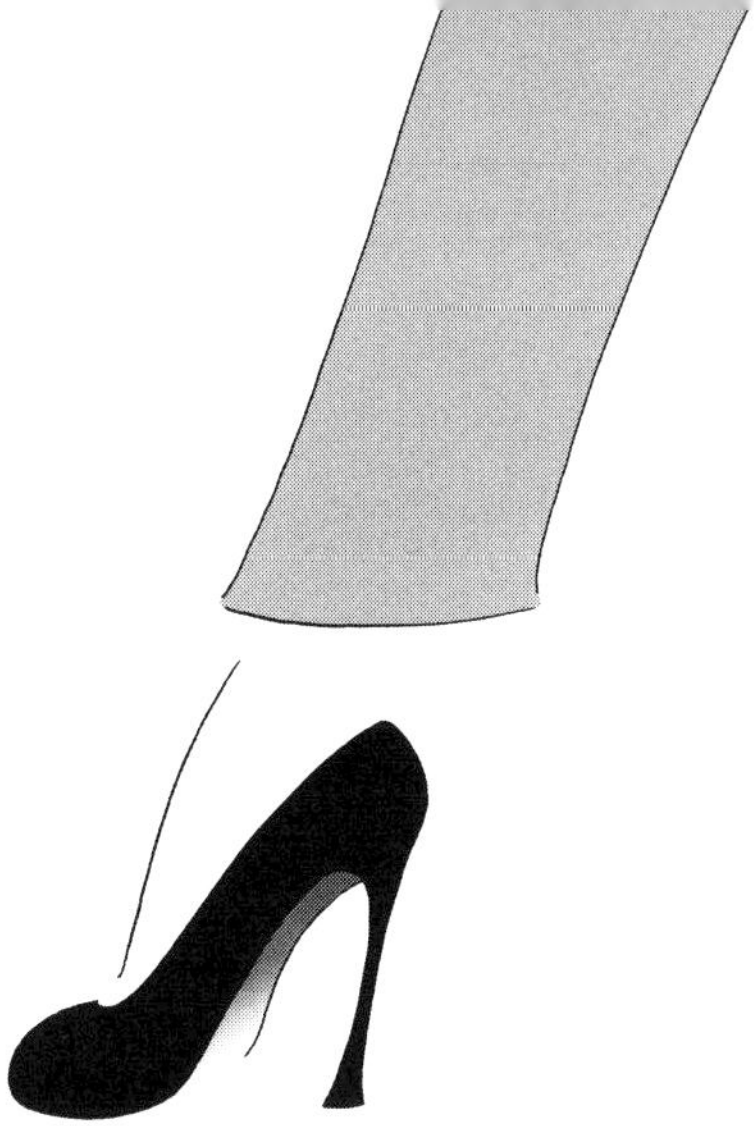

ピンヒールで車椅子を押す

「自分をあきらめたくない」人に贈る
とある親子の物語

畠山織恵

すばる舎

他の誰でもない、あなたへ

・いつも誰かと自分を比べて落ち込んでしまう
・どうせ自分は無理だと最初からあきらめてしまう
・一度落ち込むと気持ちの切り替えができなくて苦しい
・過去にあった嫌なことを引きずっている
・自分には何もないと思っている
・不安が先走って行動に移すことができない
・何のために生きているのかわからない
・過去にいじめられた経験がある、または現在いじめを受けている

・死にたいと思ってしまう
・自分の人生を生きたい
・自分を大切にしたい
・自分を好きになりたい、信じたい
・自分の価値を見つけたい
・一歩踏み出す勇気が欲しい

この本は、こんな思いを持っている人に贈ります。

他の誰かになんてならなくていい。

どんな過去も、どんな現在も、

私たちは自分の手で、希望へと変えることができる。

だから自分をあきらめないで。

まえがき

カツカツカツカツッ――。

駐車場まで続く緑の植え込みを左手に見ながら、私は足早に歩く。

ピンヒールの音がコンクリートに反響して、「早く早く」と急き立てるようだ。

今日も履いているDIANAの黒の8センチピンヒールは、すでに4期生。レザー素材で足になじみやすく、クロコの型押しが施されたデザインはもう何年にもわたり私のお気に入りだ。

仕事ではもちろん、デニムパンツにも、ちょっとしたお呼ばれにはくタイトスカートにも合わせられる、まさにオールラウンド。

今日は息子と大学での講義の仕事。

大学まではうまくいけば車で1時間。でも渋滞にはまる可能性も考えて、1時間30分～2時間は見ておいたほうがいい。

時間だけのことを考えれば電車移動がよいのだろうが、通勤ラッシュ時の電車は少々ハードルが高い。

かといって遅刻なんてできるわけもなく、10時40分開始の講義に出るために、こうして朝の8時過ぎ、二人早足で駐車場まで歩いているというわけだ。

前を歩く息子が「早く、早く」と実際に急き立ててきた。

「もー、わかってるよ！」

朝の5分をなめてはいけない。特に主婦にとって朝の5分は、夜の30分にも匹敵する。

「だって亮さんが出がけにトイレ、とか言うから時間が押したんでしょう?」

もちろん生理現象だから仕方ないのだが、私は息子に悪態をつきながら、今朝の自宅キッチンを思い返した。

「また洗い物ができなかったな」

結局、今朝もキッチンに洗い物を山積みにしたままで、家を出た。仕事から帰宅し、やれやれと思っているところに、ごちゃごちゃしたキッチンが目に飛び込んできたときのなんとも残念なあの気持ち。

「はあ」

小さなため息をつく。帰ったら夕食を作りながら、早急に洗うとしよう。

「あ。火は消してきたかな」

はたと立ち止まって考える。

「織恵さん、また火、つけっぱなしですよ！」

昨日も夫に指摘された。基本的にいつも忘れっぽいのだけど、仕事が立て込むとさらに忘れっぽくなる。

そういえば先日、一緒に買い物に出かけた娘が私の手に何かを握らせてきた。それは『記憶力を維持する』と書かれたガムだった。思わず娘を見た私に彼女はただ一言、

「買っとき」

と言った。家族みんなが私の記憶力を心配している。

家に帰って家がなかったら困るので、玄関を出る前の行動を頭の中で巻き戻す。

夫のお弁当を作って、そのあと子どもたちの朝ごはんを作った。

今日はカリカリに焼いたベーコンと半熟の目玉焼き（半熟になるのは3回に1回。今朝は成功）、それからトースト。

5枚切りのトーストに、たっぷりのはちみつをかけるのが今、わが家でブームだ。娘と私は1枚、息子は2枚。ちなみに夫は朝は食べない。

火を使ったのはこのときだけだったはずだ。

「大丈夫」一つうなずいてまた歩き出す。

「ママー！　にぃにー！！」

マンション前の広場には、一足先に家を出たセーラー服の娘がぶんぶん腕を振っていた。

「行ってらっしゃい！　気をつけてねー！」

「ありがとー！　つーちゃんもねー！」

「はーい！　大好きー！」

「ママも大好きよー！」

にやりとスカして笑う息子の隣で、私も彼女に負けじと腕を大きく振った。

3つ年上のサラリーマンの夫と、23歳の息子。息子と10歳年の離れた娘。私たちはどこにでもいる、ごく普通の4人家族だ。

ただ一つ、私が息子の乗る車椅子を押していることを除いては。

「家を出たいねん。だから私を妊娠させてほしい」


今から24年前。19歳の私は、出会って3か月の彼に依頼をした。

当時の私は、家族の中で自分の居場所を見つけられずにいた。

愛という名の暴言や暴力に怯えながら、両親の正解を探しては良い娘を演じようと必死だった。

そしてそんな自分を心の中でいつも軽蔑していた。

なぜ私は生きているのだろう。何のために生まれたのだろう。

答えが出ないまま、ただ繰り返される毎日を、死んだように生きていた。


ここから出たい。

自分らしく生きてみたい。

そして私は、困惑する両親に「妊娠」という既成事実を突きつけ、家出同然に家を飛び出し、そして生まれた息子は重度の脳性麻痺だった。

もしもあなたの子どもに障害があると言われたら、あなたはそのとき、どう思いますか。

絶望でしょうか。

それとも、未来への希望でしょうか。

これは誰よりも自分を信用できなかった少女が、障害とともに生まれたわが子を、誰よりも自分を信用できる子に育てようと挑んできた、23年間にわたる親子と家族の成長記録です。

この本を読み終わったとき、あなたの明日が今日よりも希望で満ちていますように。

第1章　出会い

第2章　挑戦

第3章 一歩

第4章 違い

第5章 理由

プロデュース　：永松茂久
装丁　：小口翔平＋阿部早紀子（tobufune）
装画　：牛久保雅美
本文デザイン　：鈴木大輔・江﨑輝海（ソウルデザイン）
DTP　：野中賢（システムタンク）
校正　：萬城隆俊

プロローグ

ずっと真新しいままのスニーカー

「彼が歩けますように」

丁寧に文字を書いた。

息子の亮夏が2歳の誕生日を迎えるころ、とある神社で手渡された絵馬。

「願いごとを一つ書くとなんでも叶う」

と言葉を添えられたそれに何を書くか、私は一晩悩んだ。

手にした絵馬はひんやりとしていた。

子どもへの愛情なんて、いつどこで習うのだろう。親になったらわかるものなのか、親になる前から知っているものなのか、どんな形が正解なのか、どんな感情が当たり前なのか。

19歳。比較的若くして母親となったせいかもしれない。恋愛以外の愛の形は、なんとなくあやふやで、確信の持てるものではなかった。くっきりとした輪郭を感じられず、毎日描き続ける軌跡が重なるようで重ならない。

いつも不安とともにあった。

手元から視線を上げると、澄んだ青が目に入った。

2年前、友人が「出産のお祝い」と贈ってくれた小さな小さなニューバランスのスニーカー。手のひらにのるほどのサイズはもう彼には小さすぎる。

飾り棚に置かれたまま、結局一度も履かせることはなかった。この先もずっと、真新しいままのスニーカー。

ふつふつと目からこぼれ落ち、ペンを持つ手を濡らした。ぬるい涙が、何かを溶かしていく。
歩かない。彼は歩かない。
知っていた、彼が歩かないことを。
あの靴を履いて歩く日が来ないことを、私は知っていた。

手が動く。
さっき書いたばかりの文字は黒く塗り潰され、新しい文字が次々と流れ込む。

「彼が自分を信じて生きてゆけますように」
「彼がたくさんの笑顔に出会えますように」
「彼が人を愛し、人に愛されますように」
「彼が自分の夢を見つけられますように」
「彼の人生が光り輝きますように」

手は動き続けた。心は凪《な》いでいた。視界が文字で満たされたことに気づき、そっとペンを置いた。深いところから押し出される、細く長い息。

乾ききらないインクを避け、そっと端っこをつまみあげる。神様にこの上なく申し訳ない持ち方。

指先に少し力を入れると、じんわり安堵に包まれていくのを感じた。

たくさんの願いごとで埋め尽くされた絵馬。叶うのは一つだけだったはずなのに。

たくさん、こんなにもたくさん、私の中に、彼への想いがあった。

私の中には、ちゃんとあった。彼への愛情が。母としての愛情が。

そして、彼が歩けるようにと願うことを金輪際やめる。

そう、自分と約束した。

彼もきっといつかは歩く。

絶対的な、そして絶望的な希望を手放せずにいた。

歩けなければ、前に進めないのだと思っていた。歩けなければ、何も始まらないのだと。

歩けない彼には、そして歩かせてあげられない私には、先の光が見えないのだと。

そう思っていたから。


「私は彼のことを愛している――」

少し遠回りしたけれど、彼が生まれて2年経ったあの夜。やっと親として彼を愛する一歩目を踏み出せたような、気がしたんだ。

第1章

出会い

01／はじめまして

「お風呂にでも入りますか」
その夜もぼんやりと意味もなく眺めていたテレビを消した。誰に言うでもなく、一人そう言って立ち上がり、洗面所に向かう。

パチンと電気をつけると、どこか冷たさを感じる明かりがつく。ああ、今度電球が切れたら、オレンジっぽい色に替えよう。そんなことを考えながら、洗面所のわきに置いてあったマッサージソルトを手に、反対の手で真っ白なドアノブを握り、奥へと押す。

モワッ

一瞬で視界が遮られ、湯気が体にまとう。洗面器で湯船のお湯をくみ上げ、体にかけ、無造作に湯船につかる。

こんな夜はドラマにでもあるような、顔半分を湯船につけてぶくぶくとやってみたいものなのだが、いかんせんおなかがつっかえるので、やめた。代わりに「あーあ」と声を出し、一つわざとらしいため息をつく。不満げな声が浴室に反響し、余計にふてくされてしまった。

気持ちを切り替えようと湯船から出て頭を洗い、塩を手に取りふくらはぎに擦り込む。ざらざらとした感触はすぐに溶け出し、何もなかったような顔をしているが私はかまわず足首から膝裏へ、繰り返し両手を滑らせる。妊娠中は体がむくみやすい。足首には靴下の跡がくっきりぺっこりとへこんでいた。

へこみが目立たなくなったらシャワーで洗い流し、風呂を出る。バスタオルを広げ、顔、腕、おなか、脚の順で拭いていく。いつものように最後に頭を拭いていたときだった。

「あれ」

脚の内側が濡れているのだ。よく見たら、それは流れてきている。間髪入れずに気づいた。破水だ。

「破水したら、感染の恐れがあるから、すぐに病院に連絡しましょう」そう、『たまごクラブ』に書いてあったことを思い出した。何度も読んでいたから一言一句違うことなく頭の中に浮かんだ。急いで携帯電話を手に電話をかける。

……プルルルル、プルルルル、プルルルル。

出ない。一度切って、もう一度かける。

……プルルルル、プルルルル、プルルルル。

出ない。

その間も脚を伝って温かいお湯のような液体はとめどなく流れ出ている。どうしたらいいのかわからなくて、とりあえず手で押さえながらまた切ってかけなおす。

……プルルルル、プルルルル、プルルルル。

お願い、出て。てゆうか、出ろ。だんだん口調もおっさんになってくる。祈ったり、願ったり、怒ったり、呪ったりしながら呼び出し音に全集中する。

「はい!」

出た!!

後ろでにぎやかな音が聞こえる。

「なに?!」

パチンコのキュイキュイーン!という音で聞こえづらいのだろう。夫は声を張り上げている。

「あのな! わからんけど破水したっぽいねん! だから病院行きたいからすぐ帰ってきてほしいねん!」

私も負けじと声を張り上げる。

「わかった!」


いつもは途中で切り上げることに文句タラタラの夫だったのだが、珍しくその後すぐに帰宅した。夫と、夫が運転する車で、自宅から15分ほどにある夜間のかかりつけでもある救急外来へ向かった。いつもとは違う裏口から入ると、横になり、うなだれた子どもと、それを支える親らしき数組が目に入った。

看護師さんの聞き取りや処置のあと、気がついたら分娩台に乗っていた。

「子宮口が○cm開くまで待ちます」

そう看護師さんは言い残し、部屋を出ていった。おなかが痛い。これが陣痛なのか。そんなことを考えながらそのときを待った。しかし、なかなかその大きさまで子宮口は開かない。

結局、規定の大きさに到達する前に「赤ちゃんの心拍が弱っている」とあれよあれよと緊急帝王切開になり、私は全身麻酔で眠ってしまったのだった。

数時間後。目を覚ました私は、おなかがぺったんこになっていることにまず驚いた。その後どれくらい経っただろうか。NICU室（新生児集中治療室）の扉を開けると、手前にはベッドで眠るたくさんの赤ちゃんが横一列にきれいに並んでいた。

その通路を1本中に入ると、ベッドの代わりに並んだいくつかの透明な箱が目に入った。そっと覗くと、ベッドに眠っていた赤ちゃんとは明らかに大きさが異なる、小さな小さな赤ちゃんが透明な箱の中にそれぞれ眠っていた。

右から二つ目に「ハタケヤマ　ベビー」と書かれたプレートを見つけた。透明な箱の中には、いろんな色のモニターにつながれ大きすぎるおむつに体半分埋もれるように眠る一際小さな赤ちゃんがいた。唯一胸元が上下していることが、生きていることを示しているように見えた。

「これが……私の赤ちゃんですか？」

どこか他人事な私に看護師さんは笑顔で

「この子です」とうなずいた。

「へえー」

少し顔を近づけ、赤ちゃんを見た。ついさっきまでおなかにいた子。不思議な気持ちだった。突然破水したかと思えば、突然目の前にいる。近くて遠い。それが、亮さん（亮夏）と私の初めての出会いだった。

02／灰皿

私が生まれ育った家は、父が公務員、母が専業主婦という家庭だった。母は時折パートに出ることはあっても、家事のスキマ時間の範囲で働いていた。

目玉焼きには醬油をかけるか、ソースをかけるか。その家が醬油なら醬油だし、ソースならソースになるように、

「父親は外で働く人。お金を稼ぐ人」

「母親は家を守る人。家事や育児をする人」

そう思っていたし、それ以外に何かあると思ったこともなかった。

私は結婚生活の中で、「家事や育児をする役割」を全うすべく日々励むことにした。

ある日の午前中を書き出してみよう。

AM06：00　起床・お弁当を作り、その間に洗濯機を回し、朝食の準備をする
AM06：30　亮さん号泣とともに起床、夫起床。片手で抱きながら、支度をする。
夫が朝食を食べる間にミルクを飲ます
AM07：00　夫出勤。泣き出す亮さんをおぶりつつ洗濯など
AM08：00　朝食。立ちながら揺れながらパンを口に放り込む
AM08：30　掃除（亮さんには幼児番組を見ておいてもらう。見ているかどうかわからないけれど、見ているということにしておく）
AM10：00　スーパーで買い物

AM11：00　亮さんミルク↓寝かしつけ
AM12：00　亮さん就寝。やっと一人の時間。とりあえず座って飲み物を入れる
PM13：30　亮さん起床、ミルク、絵本読み聞かせ、間が持たず散歩へ

おわかりいただけたかもしれないが、育児中のママが唯一ほっとできる時間は、子どもが寝ているときだけだ。もちろん個人差はあるだろうが、だいたい世のママもこんな感じだと思う。

1日の中、午前・午後におよそ2回ある子どものお昼寝時間に、子どもが起きている時間にできない家事を片づけたり、座ってコーヒーを飲んだり、座って遅い昼食をとったり、とにかく子どもが起きている間は、自分の時間なんてママにはない。仮にあっても、子どもにかまわず自分のことをすることにどこか罪悪感を感じてしまうことだってある。

とにもかくにも、子どものお昼寝時間が唯一、心置きなく活用できる自分時間な

のだ。

だから子どもが預けられるようになり、働き出して一番に感じたことは、

「なんて自由なんだ！」

だった。

もちろん仕事は遊びではない。ただ、どんな仕事であっても、自分のペースで、基本的には誰にも邪魔されず、自分が思うように進めることができる。

育児は、子どもペースだ。自分のタイミングなんて存在しない。思ったように進まないのは当たり前。やりたいときにやりたいこともできず、行きたい場所にもたどり着けない。これは言葉以上にストレスなのだ。働き出して痛感したことは、「母親業以上にしんどい仕事はない」ということだった。

私は世のママたちを心の底から尊敬している。ママたちよ、どうか誇りを持ってほしい。

さて話を戻そう。そんな中でもなんとか良い母親に、良い妻になろうと19歳の私は奮闘していた。しかし、亮さんはさらに個性的だった。

育児の指針にしていた当時人気の育児雑誌に、

「200ccのミルクなんてあっという間に飲んでしまって、食いしん坊で困ってしまいます！」

なんて吹き出しとともにほほ笑む赤ちゃんとママの写真が幸せ満載で掲載されていたけれど、かたや亮さんはミルクを10分の1の20ccそこら飲むのにも小一時間かかっていた。授乳後は空気も一緒に飲んでしまう赤ちゃんのために、げっぷをさせなければならないのだが、亮さんの場合、げっぷと同時に飲んだミルクまで一緒にほとんど吐いてしまう。

「200ccは1回に飲ませないといけないのに！」

もう必死で、そんなことを1日中、半泣きになりながらミルクを与え続けて、二人ともくたくたになっていた。

夜は夜で、別の恐怖が待ち構えている。夜泣きだ。もともと寝つきが良くない亮さん。抱いて寝かしつけるのに小一時間かかる。トントンしたり、体を揺らしたり、歌を歌ったり。そうしてようやく眠りに落ちた亮さんをそーっと布団に寝かせたとたん、亮さんは必ず泣いて起きてくる。1時間トントンコースに逆戻りだ。

夫はいびきをかいて眠っている。その隣で夜中のショップチャンネルを音を消してただぼんやりと亮さんを抱いたまま見続けていた。

妊娠を望んで、自分でこの人生を選んだ。でも現実は甘くはなかった。昔の友達はみんな学生や社会人で、勉強していたり、バリバリ目標を持って働いていたり、育児の相談なんて誰にもできなかった。

話し相手もいない。寂しくて、孤独で、泣き止まない亮さんをあやしながら、私も一緒に泣いていた。それでも育児は母親の仕事なんだもん。「つらい」とか「しんどい」とか思ってはダメだ。これが私の役割なのだ。だって自分で選んだ道なのだ。人を頼ってはいけない。甘えてはいけない。そう自分に言い聞かせていた。

そんなある日、大きなため息が聞こえた。家には私と亮さんしかいないはずだ。まさか幽霊？　ぎょっとして目をきょろきょろ動かしながら、ため息の主を探したが、誰もいない。

「気のせいか」

はあ。とため息をついたとき、気づいてしまった。ため息の主は、他でもない私だった。気をつけようと心がけていても、ため息のリフレインが止まらない。

ピー、ピー、ピー。

洗濯機から完了を知らせる音が聞こえる。

「ちょっと待っててな」

腕の中にいた亮さんをそっと床に寝かせ、よろよろと立ち上がると、洗面所に向かった。

パチン、スイッチを押すと、人工的な灯りに一瞬目がくらんだ。洗濯機のふたを上に押し上げ、ミントグリーンの洗濯かごを抱えると、無造作に取り出した洗濯物を詰め込んでいく。ふと、顔を上げた視線の先の鏡に映る私と目が合った。

「ひどい顔色やな」

近頃ろくに鏡を見ていなかったことに気がついた。

「ちょっと……休みたい」

1日だけでいいから、横になって布団で寝たい。夫に相談してみようかな。でも夫も最近忙しそうにしている。朝も6時には出ていくし、帰りも22時近い。迷う。すごく迷う。今日はまだ木曜日だ。本当は週末まで待ってのほうが良いのだろうが、ダメ元で聞いてみようか。聞くだけだ。そうだ、聞くだけだ。

そう決めたら、少しだけ気持ちが軽くなった気がした。

「亮夏、今日はパパと寝てくれる？　1日だけでいいねん」

亮さんは、はて、という顔をしながらこちらを見ている。

「いいじゃん、いいじゃん」

夫の帰りを楽しみに待ちわびながらそのときを待った。


時刻は21時50分を指そうとしていた。

ガチャン。

玄関のドアが開く音がした。

「お帰り！」

亮さんを抱きながら玄関まで足早に迎えに行く。

「ただいま」

夫の機嫌は……んー、わからない。ここはダイレクトに聞いてみることにした。

「なあなあ。疲れてる？」

期待半分、怖さ半分だ。

「え、なんで？」

質問返し！　腹をくくろう。

「あのさ、今日1日でいいから、夜亮夏と寝るのん、代わってくれへん？」

すると夫は少し眉間にシワを寄せてこう言った。

「明日も仕事やし、俺も疲れてるねん。お前1日家におるんやから、しんどいなら寝とけばいいやんか」

オーマイガ。あかん。まったく伝われへん。1日家にいてるからいつでも寝られるであろうという、なんと浅はかな推察。ちゃうねんちゃうねん、そんなんとちゃうねん！　怒りと落胆で何の言葉も出てこなかった。

今夜は眠れるかも、という昼間の希望からのこの落差がよけいにつらい。イライラの矛先はこの日も眠れずに泣く亮さんに向かった。

「いい加減にして」

「なんでママをそんなに困らせるん！」

そんなこと、亮さんが望んでいるなんてこれっぽっちも思っていないのに、泥のような感情が自分の声となってゴボゴボと垂れ流れる。そんな隣で、

「うるさい！」

一つ叫んで掛け布団を頭までかけ、さも迷惑そうに寝返る夫がいる。泣き止まない亮さんをトントンとあやし抱きながら、ふと目に留まったのはテーブルの上の灰皿だった。

灰皿を手にし、夫の頭に思い切り振り下ろす自分を想像する。硬い灰皿の角で頭をかち割ったら、さぞスッキリするのではなかろうか。まさかそんなことを想像されているとは夢にも思っていない夫の背中を立ったまま私は冷ややかに眺めていた。

この灰皿がバカラではなく、アルミの灰皿だったことで夫はこの夜命拾いをしている。それから数か月後、このときには思いもよらない亮さんの育てづらさの原因が判明するのだった。

03／脳性麻痺

「あー、これは脳性麻痺ね」

軽いトーンで、院長先生は私たち3人に伝えた。

こういうセリフってもっと重く神妙な雰囲気で伝えられるんじゃないのかしら。ドラマなんかから想定していたテンションとは全くかけ離れた先生の言いぶりが、さらに現実味を薄くした。

「脳性麻痺、ですか？」

思わず言われたそれをオウム返しした。誰のことを、何のことを言っているのかわからなかった。

「そう、脳性麻痺。運動機能障害とも言うね」

「運動機能障害……」


よくわからない。

「だから何だというのだ」

と思った。

私に念を押すように先生は続けた。

「お母さん、どうしてもっと早くに連れてこなかったの？　この子は1日も早くリハビリしたほうがいいんだよ。お母さん、あなた今まで何をやっていたの」


夫と生後9か月の亮さんとで訪れた大阪のリハビリ施設で、いともあっさり亮夏は障害を診断された。このまま何もしなければ、歩くことだけでなく、食事も移動も排泄もどうやら一人では困難なようだ。

初めての育児はわからないことだらけだった。それでも、自分なりに精一杯やってきたつもりだった。

「母親になる」

そう頭ではわかっていたけれど、実際のそれとは次元が違う。亮さんが生まれてからの9か月、楽しむ余裕なんて一切なくて、むしろ大変なことのほうが多かった。亮さんと出会うまでは、子どもが生まれたら誰だって母親になるし、父親になるものだと思っていた。

でも違う。子どもが生まれただけでは、親にはなれなかった。社会的には母親であり、父親なのだけど、中身はまったく追いついていない。

例えば、小学生から中学生、中学生から高校生、高校生から大学生や社会人になるとき。自分がそうなった、というよりも、自分は昨日までと何も変わっていないのだけど、環境や社会がそれを求めることで、はじめは戸惑いながらも、次第にそうなっていった。そんな経験はないだろうか。親になるとは、まさにそんな感じに近い。

親は、子どもの成長と同じように、だんだんと親になってゆくのだ。だから、はじめから完璧な親なんていない。はじめから子育てなんてうまくできなくて当たり前。

今ならわかる。

でも、親になって1年も経たないころの私は、できもしないくせに、

「完璧な親にならなければ！」

なんて、とにかく焦りまくっていた。今思えば「ほほえましい」で片づけてしまいそうになるのだが、本人は必死なのである。

「ほんまにこれでええんかなあ」

ミルクの量にタイミング、おむつ替えに爪切り。お風呂の入れ方に洗い方。特に泣き出されたときの対処などなど、自分の判断が合っているのか常に不安で仕方が

ない。正解を求めようとネットや育児書、親なんかに判断を仰いでも、人によって話すことは違う。自分の親に至っては自分から相談したくせに、「なぜかイライラ」してしまう始末。もはや自分が手に負えない。

親業とはまさに自問自答、毎日がちょっとしたパニックの連続なのだ。とはいえ、19歳で母親になった私も、わからないなりに親になろうと頑張っていたほうだと思う。

でもどこかで、いつも不安があった。

不安の出どころの一つは母子手帳だ。母子手帳には月齢ごとの赤ちゃんの成長目安が書いてあるのだが、亮さんは生後2か月ごろから当てはまらなくなっていき、3か月で何一つ当てはまらなくなった。数か月ごとに受ける健診も、はじめこそ成長を楽しみに参加していたが、次第に、

「え？　もうそんなことできんの？」

「うそやろ、なんかしゃべってるやん」

他の子と亮さんの成長の違いを目の当たりにして、もう行きたくないと夫に泣きつくのだ。


「先生、やっぱり亮夏の成長、かなり遅くないですか？」

出産した病院での定期健診や、ことあるごとにいろんなお医者さんに尋ねた。でも、

「亮夏くんは早産による修正月齢が入っているからねえ。発達は多少遅くても仕方ないんよ」

「個人差があるからねえ」

「いったん様子を見ましょう」

とかしか言われない。予定よりもずっと早く生まれ、ずっと小さく生まれたのだ。

たしかに他の子との差があっても仕方ないのかもしれないとも思えた。

「まあ、そんなものか」と帰ってくるのだけど、数日経つと

「いや、やっぱりおかしいやろ」と悩み出す。

しかし最終的には
「でも、お医者さんがそうゆうのだからきっと心配はない！」

そう言い聞かせてきた、のに……。

「何でもっと早くに連れてこなかったのか」ってか。

「何をしていたの」ってか。

何の言葉も出てこず、ただ悔しさだけがふつふつとこみ上げてくる。その後に続いた先生の言葉は私の頭の上のほうをただささらさらと流れていった。

でも、その一方で私はどこかでホッとしたのだ。なぜミルクを飲まないのか、いつまでも首が座らないのか、一人で遊べないのか、笑わないのか、寝ないのか、泣き続けているのか。母子手帳に書いてあることが全部当てはまらないのか。

「なんで」の理由がわかったからだ。

先が見えないことや、理由がわからないことはめちゃくちゃ不安だ。原因が何であれ、とにかく理由がわかった。そのことにただホッとした。それに正直、無知すぎてピンとこなかったこともある。

脳性麻痺とは、わかりやすく言えば筋肉の障害だ。出産時に酸素がうまく脳に回らなくて、脳の一部が大きくダメージを受けた。亮さんの場合はそれが運動機能をつかさどる部分だった。

亮さんの体の状態は、

①全身勝手に力がめちゃくちゃ入って突っ張る（亮さんは小学校時「つっぱりくん」とも呼ばれていた）

②体が意思に関係なく動き続ける

というものだ。

「脳性麻痺？　初めて聞いた。それって障害ってことか。ん？　障害ってなんや」

20年生きてきて、身近に障害がある人がいなかったし、街中で出会っても、自分の人生には関わりがない人だとどこかで思っていた。私の世界には存在しなかった。だから正直なところよくわからなかった。


「これから手続きをして、リハビリを続けてゆきましょう」

静かに告げられ、そこからは心を動かさず、ただ淡々と事務手続きを済ませ車に乗り込んだ。帰りの車で夫と何を話したのか。まったく覚えていない。


帰宅後、いつものように亮さんのおむつを替えながら、夫の姿がないことに気がついた。こんな時間に、何も言わずどこに行ったのだろう。

しんと静まり返った、3階のベランダに彼はいた。空に星は見えなかった。月はいったいどんな形をしていたのだろう。そのとき、空に光をとらえることはできなかった。

「何してんの。そんなところで」

夫の横になんの遠慮もなく入り込んで、はっとした。彼は泣いていた。一人ぼっちで静かに、ただ彼は泣いていた。

「なんも言わんかったけど、ショックやったんやな」

私はこのとき初めて夫の気持ちを知った。

「大丈夫やで」

私は後ろから夫の肩を抱いてそう言った。

「何泣いてんの。泣かんでええ。大丈夫やって！　なんとかなるって！」

「だって……亮夏がかわいそうやんか」

涙をぬぐう夫の大きな背中を私は短い腕をめいっぱい伸ばしてぎゅっと抱きしめた。

「私の代わりに、泣いてくれたんやな」

夫が先に泣いてくれたから、私は泣かずに済んだ。ちょっとずるいやんかとも思ったのだけど、それでいい。彼は私より先に涙を見せることで、私に励ます役割をくれたのだ。今でも私は思っている。

数日後、トイレから夫が私の名を呼ぶ声が聞こえた。

「織恵！　おしっこから血出てるんやけど！」

不安か心配によるストレスでか、夫は血尿を出していた。

「だっさ！」

便座の中の赤色を見ながら二人で笑った。夫23歳、私20歳の冬だった。

04／両親への電話

電話を持つ手が小刻みに震える。緊張しすぎて手は氷のように冷たくなっている。
亮さんが脳性麻痺だと診断された。
そして今からその事実をそれぞれの両親に報告するのである。

「ともくん、電話するのんほんま嫌やねんけど」
「せやかて両方とも待ってるんやから、電話せなしゃーないやろ」
「そらそうやけど……」

本当は夫に伝えてもらいたい気持ちでいっぱいなのだが、彼は職場で会話をしな

さすぎて、たまに来る外部の人から
「え？　あの人って日本人やったん？」
と日本語がわからない海外の人だと思われていたぐらい、話下手なのである。
ここは、私が行くしかない。

まずは想像してみるとしよう。夫・畠山のご両親は、大丈夫な気がする。二人とも優しい。ショックを受けながらもきっと、たぶん、たぶん、受け入れてくれ、私たちを気遣ってくれるだろう。
問題は、うちのほうだ。反対を押し切って家を出て、そして生まれた孫には障害があったときたもんだ。考えただけでも恐ろしい。身震いが止まらない。正直、私の中では自分自身のショック云々の前に、こっちのハードルのほうを気に病んでいた。

嫌やなあ。なんて言われるんかなあ。気が重たくて仕方がない。

「赤ちゃんができたので結婚します」

と言い放ったあの日以来のいやーな緊張だ。

がしかし。もしかしたら、もしかしたら！　思いもよらない温かい言葉をかけてくれるかもしれないではないか。


携帯電話を手に自問自答すること5分。それにいつまでもこうしていても仕方がない。まずはハードルが低い畠山のご両親から電話を掛けることにした。

……プルルルル、プルルルル。

「もしもしぃ」

2コールで少しトーンが高い声、お義母さんが出た。

「あ、織恵です。お医者さんから脳性麻痺だから、リハビリしていきましょうって言われました」

「え！　脳性麻痺?!　ちょっと、ちょっと、お父さん！　亮夏くんが脳性麻痺って言われたって！」

ガチャガチャと音がして、

「もしもし?!　なんて？　脳性麻痺って言われたって？」

と、お義父さんの声。

「うん。そうやねん。これからリハビリしましょうって先生が言っていた」

「そうか。そうか」

お義父さんは何度かうなずいた後、

「織恵ちゃん。気落としなや。みんなで力合わせて頑張っていったらいいんやからな」そう言ってくれた。

「うん、ありがとう」

続いて電話を替わったお義母さんがこう言った。

「織恵ちゃんらは神様に選ばれたんや。だから大丈夫。みんなで頑張ろう！」

正直、「神様に選ばれた」には心がざわついた。「だからこれからは子どもだけのために生きなさい」そう言われたように感じたからだ。

もちろんお義母さんはそんなつもりはなくて、ただ励まし、応援しようとしてくれている。その気持ちは痛いほど伝わってきた。何より、「みんなで」と言ってくれたその言葉が心にじんわりと力になるのを感じた。

「ほんで、お父さんとお母さんにはゆうたんか？」

温まりかけた心臓が一瞬で冷えた、というか凍った。

「いや、これからです」

「そうか。心配してはるやろうから早よ電話してあげや」

「はい、わかりました。じゃあまた連絡します」

電話を切る。隣でやり取りを聞いていた夫に黙ってうなずいて見せた。

「次やで」

「うん」

はあー。憂鬱感が半端ない。逃げられるものなら逃げたい。いや、無理なんやけど、逃げたい。深いため息をついた後、実家の電話番号にカーソルを合わせ、意を決して『通話』ボタンを押した。


……プルルルル、プルルルル。プルルルル、プルルルル。


早く出てほしいような、ほしくないような気持ちである。

「もしもし。橋本です」

母が出た。

「お母さん。今病院行ってきて、亮夏は脳性麻痺ですって言われたわ。それから……」

できるだけ、

「そんなもん大したことではありませんよ」的に流そうと思ったのだが、やはり無理だった。

私の言葉の途中で母が静かに叫んだ。

「織恵ちゃん、あんた脳性麻痺って障害やってこと、意味わかってゆってんのか?!」

「あ、うん」

「うんって……えらいことなんやで！　障害って織恵ちゃん、えらいことなんやで！」

わあっ、と母が泣き出した。

「おい」

父の声だ。

「障害あるって？　脳性麻痺やって？」

静かな声で、父の感情が一瞬読み取れずにいた、そのときだった。父はこう言った。

「しょーもない子ども生みやがって。お前、二度と帰ってくるなよ」

それだけを言い捨てられ、ツーツーという無機質な音が聞こえた。あ、電話が切られたんやとわかるまでに数秒が必要だった。

え？

今なんてゆった？
しょーもない子ども、そういった？

私はしばらく電話を耳に当てたまま、父の言葉を整理しようとした。

しょーもない子どもって、誰が？
子どもにしょーもないとか、しょーもなくないとかあるわけ？　なんやそれ。

もしかしたら励ましてもらえるかも、慰《なぐさ》めてもらえるかも。
そんな淡い期待を心のどこかで抱いていた自分の愚《おろ》かさにむかついた。
悔しくて、悲しくて、さみしくて、情けなかった。
目の前にいる夫と亮さんの輪郭がゆらりとにじみ、ゆがんで見えた。

この子は、しょーもない子どもじゃない。私が、絶対に、この子を、立派な人間に、育てたる。絶対に見返してやる。

見とけよ！！！！！！

こうして父を見返すべく、亮さんとともに挑む人生がここからスタートしたのである。

05／ほんで、どうするか考えてみた

なんて息巻いてみたものの。さて、どうしたものか。

皆さんなら、障害者という言葉を聞いたとき、どのような人をイメージするだろ

うか。

・困っている人
・不自由な人
・何かができない人
・かわいそうな人

そんなイメージはないだろうか。

私は、あった。差別意識を持ったこともない代わりに、自分とはまったく異なる世界に生きている人だと思っていた。だから正直、障害について深く考えたこともなかった。ただ一言で言えばポジティブなイメージはなかった。

でも、だからこそ彼には障害を言い訳にしたりなんかしないで、かっこよく生きてほしいなあ。自分のこと好きだよって心から素直に言える人間になってほしいなあって、漠然とだけどそう思った。

だがしかし！　かくいう私が自分のことが好きじゃないのだ。誰よりも自分を信じていないし、誰よりも自分が嫌いなのだ。そんな私がいったいどうしたら自分の子に自信を持たせることなんてできるのだろう。

「そうやなあ。イメージは、私と真逆のタイプがいいな……ん？？？　私と真逆？？？　あ！　そうか！」

私はひらめいた。

「逆のことをしてあげたらいいんちゃうん！」

要するに、

・私が言われて悲しかった言葉は、言われたかった言葉に置き換える
・私がしてほしかったことは、思い切りしてあげる
のだ。

あなたは子どものころ、言われて悲しかった言葉はあるだろうか。
もしもあったのであれば、それはどんな言葉だったのだろう。
そして、子どものあなたは本当はなんと言ってほしかったのだろうか。

私の場合はこうだ。
言われて悲しかった言葉　↓　言われたかった言葉
・できないならはじめからするな　↓　やろうとしたことがすごいよ！
・いつまでやってるんや　↓　何回でも気が済むまでやればいいよ
・どうせ無理や　↓　どうやったらできるか一緒に考えよう

・常識的に考えろ

↓

あなたはどうしたいの？

自分が言ってほしかった言葉や、やってほしかったことをしてあげたらどうなのだろう？

親の言葉の影響は、良くも悪くも、ものすごく大きい。体が食べたものでできているのだとすれば、心はもらった言葉でできている。

よし、自分の経験をフル活用してみようではないか。

このとき「神様に選ばれた」に感じた違和感への答えが見つかった気がした。

私は神様に選ばれたわけじゃない。ただ縁あって亮さんと出会った。それだけだ。

でもせっかく出会えたのであれば、私だから渡せるものを届けてあげたい。

「自分が大嫌いな私」が行う「自分を好きだと思える子育て」。

もはやこうなれば、私の経験はお宝ざっくざくの宝庫である。

ここから私の子育てが始まった。

だが、当時の私にはもう一つどうしたものかと付き合い方に戸惑っていたものがあった。

「母親になった私」と「私自身」についてである。

もやもやと覆っていた霧が晴れたのは、見ず知らずの一人の女子高生に言い放たれた強烈な一言だった。

06／ピンヒールで車椅子を押す

近所のスーパーに歩いて買い出しに出た、その帰り道のことだった。次の角を曲がれば自宅マンションに着くというとき、前から女子高生二人がこちらに向かって歩いてきたのが目に入った。

するとそのうちの一人が私を見て、はっとした顔で、隣の彼女に肘うちをして
「この人だよ！」

と言ったのだ。

二人の視線が同時に私をとらえている。

「この人」

とは、どうやら私のことで間違いないようだ。言われたもう一人がまじまじと私を見てから、すれ違いざまにこう言った。

「え？　全然たいしたことないやん。おばさんじゃん」

お、おばさん?!　まてまてまて。当時の私は20歳。たしかに女子高生よりはおばさんかもしれないけど！

察するに

「ねえねえ、前に話した（きれい・かわいい・すてきな）人だよ」

「え？　全然たいしたことないやん。おばさんじゃん」

こんなところか。

高校生におばさんって言われた。なんかものすごい憂鬱な気分で家に帰り、ふと玄関の鏡に映る私と目が合った。

化粧けのない顔。無造作に束ねた一つ結びの髪。汚れてもいいダボダボの夫のトレーナーに合わせたのは、サイドに黄色い3本ラインが入ったスウェットパンツ。そのズボンの裾も自分の靴で踏みつけて破れている。

誰これ。

自分らしく生きたいって、家を飛び出して自由を手にする予定だったのに、目の前にいるのは大好きだったオシャレも、メイクも、自分らしさをすべて「育児」のせいにして手放した無表情な私だった。

こんなん、なりたかった私じゃない！

私はクローゼットの扉を力強く開けた。たしかまだ捨ててなかったはずだ……。クローゼットの端っこで居心地悪そうにぶらさがっていたタイトスカートを引っ張り出した。

それから鏡の前に座り、メイクをし、リップを引いた。

次に靴箱の前にしゃがみ込み、奥から引っ張り出した8センチのピンヒールに足を入れ、玄関の扉を開けた。

亮夏をバギーに乗せ、両手でグリップを握り、私は歩き出す。

カツカツカツカツ。
コンクリートに響くヒールの音が心地いい。
見慣れたはずの景色が、輝いて見えた。
目が合う人すべてがほほ笑んで見えた。
亮夏や私を見る人の目も不思議と気にならなかった。

「なあ亮さん。みんな亮さんやママを見ているよ。亮さんがイケメンやからかな。それともママがかわいいからかな。あはは！　どっちもか！」
なんだか嬉しくて、バギーのカバーを押し上げながら、亮さんに話しかけた。

亮さんは
「なんのこと？」
という顔をしながらも、機嫌のよい母に心なしか嬉しそうだった。

世界の色も、人の目も、決めていたのは自分の心だった。

この日、私は気がついた。

世界の色は、自分で決めることができるんだ。

07／一人で頑張らない

子どもの笑顔はかわいい。

そんなつもりはなくても、小さな赤ちゃんや子どもに笑いかけられたり、手を振られたら、ついこちらまで笑顔になる。不思議な力だ。

ところが独身時代の私は、子どもをかわいいと思ったことが一度もない人間だっ

た。むしろ苦手だった。そんな私がよくも妊娠→結婚に踏み切ったな、このやろう！と今なら思うのだが、理由はただ一つ。夫が、

「おれ、子どもめっちゃ好きやねん。まじで。子どもができたら絶対かわいがる！」

と豪語していたからだった。

「まあ子ども好きって言ってるし、二人で力を合わせたら、なんとかなるか」

という恐ろしく他力本願な理由なのであった。

それに、

「人の子はそうでなくても、自分の子はかわいいよ。特にわが子の笑顔なんて見た日にゃ、たまらんよ、まじで」

ともどこかの誰かが話していたし、

「わが子の笑顔を見れたら、また感じ方も変わるのかな」

なんて、自分の変化を密かな楽しみにもしていた。

しかし――生まれた彼は泣くことはあっても、笑うことはなかった。

だいたい生後2か月ごろから赤ちゃんは自分の意思で笑うようになるらしい。だが脳性麻痺でもある亮さんは1歳を過ぎても笑うことはなかった。

この頃ちょうど「夫の頭をガラスの灰皿でかち割る妄想」を夜な夜なすることでメンタルを保っていたのだが、その裏技もついに限界に達した。寝不足から来る疲労で発熱し、私は起き上がることができなくなってしまったのだ。

お義母さんは自宅から徒歩5分圏内に住んでいた。だが私は「ここで預けてしまうと今までの努力が水の泡」と、勝手に意地を張って、

「一人でできるもん!」

を貫こうとしたのだが、何度か受話器を手に取っては置き、また手に取っては受

話器を置く……を繰り返した挙句、

「熱が引くまで預かってください」

そうお義母さんにお願いをした。お義母さんは二つ返事で引き受けてくれた。

亮さんを預かってもらってから3日後。まだ熱は引かなかったが、少し空腹を感じるようにはなってきた。布団から這い出て、冷蔵庫の扉を開ける。夫が昨夜作り置きをしてくれた、鍋に入ったままの白がゆを手に取る。

チッチッチッチッチッチッ　ぽっと、ガスの火が青く灯ったそのとき、

♪♪♫～

お義母さんからの着信だ。火を止め、そっと受話器を取った。

「もしもし」

私の声を遮るように興奮した義理母の声が耳に飛び込んできた。

「織恵ちゃん！　亮夏くんが、亮夏くんが笑ったんよ！」

一瞬何のことかわからなくてしばらく考えた。

りょうかが、笑った……亮夏が笑った！！！！

このとき、ほぼほぼ同時に二つの感情が私の心に湧き上がった。

「嬉しい！」そして「なんでやねん」。

一生笑わんのかと思っていたから、やっぱり嬉しい。

けど、おいおいおいおい。一番は私とちゃうんかい！　なんでおばあちゃんやねん。

素直に喜べない自分を隠すように

「え、ほんま？　絶対？」

そう、何度も何度も電話越しに確認した。

狭い家の中を玄関まで走る。急いでスニーカーに足を入れる。私は一目散に亮さんの元へ走った。

息を整えることも、呼び鈴を鳴らすことも忘れて、脱いだ靴を並べることもせず、2階へと続く階段を駆け上がると、祖母に抱かれた亮さんがいた。

「亮夏、おはよう！」

数日ぶりに亮さんを抱いた。丸い二つの眼の中に私が映る。

「亮夏、あんた笑えるようになったんか？　ママも見てみたいなあ。亮夏が笑ってる顔」

じっとこちらを見つめ返す亮さん。

「亮ちゃん、ママに笑って見せてあげてみ。ママが見たいってゆってるよ」

祖母がニッコリと亮夏にほほ笑んだ。

子どもを笑わすには、こんなときどうしたらいいのだろう。

見様見真似、目をギュッとつむってから、

「ば！」

と大きく目を見開いてみた。反応はない。もう一度、

「んー！　ばっ！」

反応なし。え。そろそろ心折れる。こうなったら意地でも笑わせたるからな。

「んーーーーー！」

思い切り、顔をクシャクシャにして、ためてためて……

「ばっ！！！」

これ以上ない、目がどこかに飛んでゆくのではないかというくらい、しぼめた顔と目とを見開いて見せた。

ニコッ。

笑った。一瞬だったけれど、ほんとに笑った。

「笑った！　亮夏、あんた笑えるやん！　ほんまに笑えるやんか！」

腕の中で思い切り抱きしめた。ほほをすり寄せると、亮夏の体温を感じた。

亮夏を腕の中に抱きながら帰り道を歩いた。近所の小学生が放課後どうやらかくれんぼをしているようだ。隠れるほうも、探すほうも、嬉しそうな、楽しそうな顔をしている。ふと亮夏を見た。私の顔をじっと見ている。

「亮夏」

笑顔で声をかけると、亮夏もニッコリと笑い返した。まるで私の鏡かのように。

「もしかしたら……もしかしたら私は、いつも怖い顔をしていたのかな」

そう思った。

「一人で頑張らないといけない」

そんな呪いを自分にかけて、「誰にも頼らない」を貫こうとするあまり、眉間にシワを寄せて、一人でイライラして、一人で怒って、一人で泣いていたんじゃないか。

そう思った。

「そうか、誰よりも私が笑えていなかったのかもしれないな。そりゃ亮さんもそんな私といても笑わんわ。ごめんな、亮夏」

こうして私は少しずつ「一人で頑張る」を手放していったのだ。

08／母親としての生き方

脳性麻痺の診断を受けた亮さんと私は、診断後すぐに母子通園を開始した。母親と子どもがともにリハビリ施設に通園するというものだ。

私たちが縁あって通うことになった通園施設は、リハビリを先生が行うだけでなく、母親や子どもにとって身近な家族が学ぶことができ、通院せずとも自宅でいつでもリハビリができるというボイタ法だった。

母子通園はまず親子で登園し、朝の会の後、グループ分け。間に昼食をはさんで午前午後、ともに2回ずつ保育とリハビリを交互に受ける。

リハビリのときは担当の先生（理学療法士）の指導を受けながら親が行うのだが、保育の時間は保育士さんに子どもを預け、ママたちは自動販売機で好きなジュースを買い、同じ保育時間に当たった者同士で話をしたり、つかの間の貴重なお一人様時間を手にするのだった。

ここで私は、先輩ママたちから「障害児の母親像」を大きく覆されることになる。

ある日のこと、先輩ママさんグループの中でも一際にぎやかで、華やかな数人と保育の時間が重なった日があった。仲良さそうに話すママさんたちはそれだけで眩しかったのだが、さらにかっこよく煙草をふかし、その日も何やら楽しそうに話していた。

「ところで、次いつ飲みに行く？」

姉御的存在のママさんの声が飛び込んできた。

飲みに行く？　え、子どもがいても飲みに行っていいの？

私は思わず二度見してしまった。母親が飲みに行くという選択肢が私の中にはまったくなかったからだ。

「この間さ、ミナミのバー行ったんやけど、面白かったでー。またみんなで行こうや」

「いいねえ。そしたら、日を決めよう」

バーも気になるところだが、何よりも母親が自由に自分の時間を楽しんでいることに衝撃を受けた。

私は亮さんが生まれたとき、自分の人生は終わったのだと思っていた。それは、「脳性麻痺です」と言われたからではない。ただ出産をして母親になった。「母親になってしまった」というショックのほうが実は大きかった。

家を出るために、自分で妊娠したいと望んだのに、今さら何を無責任なことを、と自分でも呆《あき》れた。ただ実際に、亮さんが生まれて家に連れ帰ったとき、戸惑いや、ある種虚無感に近い感覚があった。

「私は人生で一度も自分にスポットライトが当たらないまま、また誰かのために人生をささげて、生きて、そして死んでいくんだな」

真剣にそう思っていたし、母親になるとはそういうことなのだと思っていたので、先輩ママたち（しかも障害がある子どもたちのママ！）が、自分の人生も大事にしている姿にただただ衝撃を受けた。

母親になっても、自分を楽しませていい！
自分の時間を作ってもいい！
自分を大事にしていい！

はじめて「母親としての自分」をポジティブにイメージできた瞬間だった。

09／「この子、殺してまうかもしれません」

しかしその一方で、残念なことにドラマティックではない日常生活も続いていた。
療育園に通い出しても、亮さんの夜泣きは止まらなかった。

人間、寝不足が蓄積すると、体の疲労だけでなく、だんだんと心もむしばまれていく。夫の頭を灰皿でかち割りたくなるどころのレベルではなくなっていた。

このころの私はまだ2歳にもならない亮さんに対して、

「うるさーい!!」

と叫んだり、亮さんの顔に枕を押し付けては、我に返って
「ごめんね、ごめんね」

と泣きながら謝ったり、とにかく普通の精神状態ではなかった時期だった。


こんな毎日が1年続いたころ、私はついに区役所に駆け込んだ。

「私、これ以上この子と二人で一緒にいたら、この子、殺してしまうかもしれません」

そう、きっとだいぶやばい顔で窓口の人に伝えたと思う。

だがこのときの私の判断は、亮さんの命と心を守るうえで、かなりナイスな判断だったと今でも思う。毎日のように流れているどこかで起きた悲しい親子のニュー

スは、決して他人事だとは思えない。私もいつニュースに出ていてもおかしくなかった。

駆け込んだ翌年、地域の保育園に入園が決まり、亮さんは2歳児クラスから通い出した。

しかしホッとしたのもつかの間、彼は当初なかなか保育園に慣れることができず、他の子どもたちが1、2週間で終える通称『慣らし保育』（保育園に慣れるために、一定期間短時間で帰るというもの）を半年経った時点でも彼だけ一人続けていた。

理由は二つだ。

・なんしかずっと泣いている

・昼寝をしない

「今日こそは昼寝して、他の子と一緒に4時まで遊んで帰ってくるんやで」

そう言い聞かせて送り出すのだが、そんな言葉もむなしく、大体13時ごろには

「お母さん、亮夏くんがお昼寝をしません。迎えに来てください」と保育園から電

話がかかってくるのだ。

そして、突然それはやってきた。私が切れたのだ。

「今日もお昼寝をしないので……」

そのひまわりのように優しい先生の声を遮って、私は叫んだ。

「昼寝なんかしなくても、亮夏は死にません！！！」

かの有名なドラマの名台詞「ぼくは死にません」を彷彿《ほうふつ》とさせたかどうかはわからないが、必死さはおそらく劣るまい、その勢いで叫び、気がつけば電話を切っていた。

先生、あのときはビックリさせてごめんなさい。でもその後、無事に亮さんも慣らし保育を終え、保育園生活を満喫できるようになっていった。

10／よし、アホになろう

亮さんが保育園に通い出したことを機に、風邪もよく引くようになり、保育園ママにどこか近くで良い小児科はないかと尋ねたところ、

「ちょっと癖がある先生で、合わない人は合わないみたいだけど、私は信頼してるで」とおすすめされたのがA医院だった。

まさかそこで生きる術を一つ身につけられるなんて、そのときは夢にも思わずにいた。

ある日亮さんが風邪を引いた。早速車で10分ほどの距離にあるA医院に向かった。ちなみに亮さんは一人で座る姿勢が保てないので、基本、移動はバギーか車移動になる。

到着したA医院は、大きめの一軒家を改築したような個人病院だった。初めての

病院、初めての先生は緊張する。

「優しい先生やったらいいな」

待っている間も次々と赤ちゃん連れや、保育園の帽子をかぶった4歳くらいの子を連れたママたちが入ってきたので、

「人気がある病院なんだな。じゃあ心配ないかな」

と思った。


「畠山さーん」

30分ほど待つと受付の女性が、きっと笑顔で呼んでくれたんだろうなとわかる声で名前を呼んでくれた。

「こんにちは」と、椅子に腰かけた先生がこちらを向いた。短髪。歯切れのいい話し方。なんとなくゴルフ、好きそう。オシャレ。そう思ったのは、片手だけ焼けた手を見たからか、診察室なのに軽快なジャズが流れているからか。

先生の前に置かれた小さな丸椅子に、亮さんを抱いたまま座る。障害のことや、必要事項を伝えた。

「私、見た目は若く見えますが、ちゃんとした賢いお母さんです」

昔から、賢く見せることだけは得意な私だ。

先生のリズムに合うよう、会話のスピードや話す内容、話し方にも気をつける。ハキハキした端的な話し方に、ちょっとばかし強い印象はあるけれど、信頼できそうな先生だなと私は思った。

ただ、失敗しないか、不快な思いをさせないかとか、診察のたびにそんなことを考えていて、私はいつも緊張していた。


そんなある日、また鼻をぐずぐずいわせた亮さんを連れて、診察に訪れたときだった。

「じゃあ、おなか見せて」

はい、と言い、亮さんのズボンを下げ、ロンパースの股ボタンをモゾモゾと外しにかかった、そのときだった。

「お母さん」

先生に呼ばれた。

「はい」

何？　今忙しいんですけど、と思いながらと顔を上げる。

「これから診察するんだから、おなか診ることわかるでしょ。前もってボタンは外しておかないと」

真顔の先生と目が合った。

え？　私、今怒られてる？　ロンパースのボタンを外しているだけで？

驚き、ショック、悲しみ、怒り。これか。これが「ちょっと癖がある」というやつか。

「失敗した！　否定された！　この人嫌い！」

『優等生』を演じてきた私が、頭の中で泣きながら紛糾している。

「だが、待てよ」

頭の反対側から声が聞こえた。ここで先生を嫌いになることもできる。

でも、ホントにそれでいいのか？

私にも悪いところはある。もちろん言い分はあるが、悪いところがあるかないかでいえば「ある」。

それに、このまま「傷つけられた」と言って拒否をする、そんな自分が嫌やな。

そして私はひらめいた。

よし！　アホになろう！！

モデルは学生時代の愛されキャラ「くり子」だ。名誉のためにお伝えするとくり子はアホではない。いい意味で彼女は「アホになれる」天才なのだ。例えばどうしてもその日に出さなければならない提出物を彼女が忘れたとき。彼女は、満面の笑顔で、こう言った。

「やーん、ごめん先生、忘れてた！　今度ご飯一緒に行ってあげるから来週まで待ってー」

それを受けた先生が、

「何をゆーてるんや。こっちからお断りや」

と言いながらも、

「明日には必ず提出せえよ」

と笑って答えたときには、度肝を抜かれた。こちらを見てペロッと舌を出す彼女にカルチャーショックを受けたとともに、アホの力を目の当たりにしたのだった。

くり子ならこんなとき、どう返すだろう。私は考えた。そしてにっこり笑ってこう伝えた。

「ほんまですね！　もー、気がつきませんでした！　先生ほんまごめん！」

笑顔とお詫び、そして渾身のタメ口だ。

すると先生は
「はい。たのむよ」

と、笑ってくれた。

「勝った」

そう思った。

そのときは何に勝ったのかはわからなかった。
でも今ならわかる。私は、私に勝ったのだ。私の中の、ただ傷つくことを恐れて、
相手を批判し逃げ出すだけの弱い私に勝ったのだ。

A先生の前でアホになると決めた私は、その日を境に先生に会うときに、まったく緊張しなくなった。

あれから20年経つが、亮さんだけでなく、亮さんの妹のつかさも今だにお世話になっている。何かあったときは親身になって私の相談にも乗ってくれる最高の先生だ。

「人との出会い」は、「新しい価値観との出会い」ともいえる。新しい価値観に触れることで成長できたり、時に囚われていたものに気づかされることもある。

私にとって、そしてきっと亮さんにとっても大きなターニングポイントとなる出来事も、ある出会いによってもたらされる。それは3年後の運動会の日だった。

11／彼を信じていないのは誰？

保育園や幼稚園での思い出はいろいろあると思うが、親が子どもの成長を体感でき、心待ちにしている行事の一つに運動会がある。

亮さんが通う保育園の運動会の花形は年齢別対抗リレー。観覧席にいる誰もが、幼いながらも全力疾走する様子に心を奪われ、歓喜し、涙する。毎年、園が揺れるほど白熱するメイン競技だ。

そして年長さんとなった亮さんもリレーに、しかもトップランナーとして出場することになった。

事前にクラス担任の先生からどのように参加するのが良いかと相談があった。

①彼のバギーを先生が押し、他の子どもたちと同じようにコースを1周する

②小さなマットをしき、そのマットの端から端までを腹ばいになって自力で進む

当時の彼も、座ることも歩くこともできなかったが、唯一うつ伏せになり、麻痺がありながらも腕の力を駆使して、時間はかかるが何とか前進することはできた。

バギーを押してもらうのは安易にイメージがついたが、それはどこか他力本願な気がして、本人も達成感を感じにくいのではと考え、先生の②案『マットで自力ほふく前進案』で参加することになった。

まさか人生における一世一代の出来事が起きるなんて想像だにしない運動会当日の朝。早朝、日が昇る前から開門を待つ大勢の人の列ができていた。良い席を確保し、わが子の雄姿をより近くで目に焼き付けたいのはどの親も同じだ。もちろんわが家も参戦する（夫担当）。

夫はローン36回払いで購入した買いたてホヤホヤのビデオカメラとそれからさっき私が作ったゆかりおにぎりを一つ握りしめ、早朝6時、戦いの場に向かっていっ

た。空は晴天。まさに運動会日和。もちろん夫は私の期待を裏切らず、カメラ席の一番前を陣取ってくれていた。

いよいよ最後の競技であり、メインイベント。年長さんのリレーが始まる。グラウンドの周りは360度保護者でぎっしりだ。

グラウンドには、真っ白なマットが1枚しかれていた。軽快な音楽が流れ、年長さんクラスの子どもたちがきれいに列をなして入ってきた。2列並んだ先頭はバギーに乗った亮さんだった。彼は白いマットの前まで来ると、担任の先生にうつ伏せにおろしてもらっている。

「亮夏、トップバッターやん」

同じく年長クラスのママが私の耳元で話しかけてきた。

「そうやねん。こっちまで緊張するな」

本人も緊張しているだろうが、親も緊張するのである。

進行方向のマットの先には、次にバトンを受け取るRくんがスタンバイしていた。亮さんがマットの先で待つRくんの手にタッチできたら、Rくんが走り出すシステムなのだ。

マットの隣には対戦チームの子がスタンバイ。空気が変わる。一瞬の静けさ。保護者が一斉にカメラを構えた。

「位置について、よーい…」

先生が鉄砲を空に向け、片耳を押さえる。

ぱんっ！

乾いた音が空高く響き渡った、と同時に

「わー！！！」

３６０度、一斉に大きな歓声が沸き起こる。相手チームの子が勢いよく走り出した。亮夏もまた腕を前へ前へと動き出した。

「亮夏ー！　がんばれー！」

歓声にかき消されまいと、私は大声を張り上げる。

「亮夏ああああ、がんばれー！」

その間にも相手チームの子が戻ってきて、二人目にバトンが渡る。亮夏はといえば、まだ真ん中にも届いていない。

「がんばれええ、亮夏ああ！」

私は叫び続けた。

やがて二人目のランナーが戻り、3人目にバトンが渡った。亮夏はゆっくり、一歩一歩前進し続けている。その様子を見ながら、私はだんだんと何とも言えない気持ちになってきた。

「ってゆーか、亮夏のチーム、絶対勝たれへんやん」

「亮夏は今、どんな気持ちなんやろう」

「ずっと待ってくれているRくん、ごめんな。なかなかやなあ」

「同じチームの保護者の皆さん、お子さんの活躍する姿を見せられなくて申し訳ないなあ」

さっきまで鮮やかだった景色は一変し、急速に色あせていく。するとだ。気がつけば私は本当に声に出していたのだ。

「もうしわけない」

と。それには自分でも驚いた。

でももっと驚いたのはその後だ。隣にいたママ友が私の腕をつかんでこう言った。

「あんた今、なんて言った?! 申し訳ないってゆーたんか?」

ビックリして呆気に取られていた私に彼女は続けて言った。

「亮夏があんなに頑張って走っているのに、あんた、失礼やと思わんのか?!」

ハッとして、亮夏を見た。

彼は腕を前に前にと運び続けていた。Rくんは手を伸ばし「亮夏、頑張れ! 亮夏、頑張れ!」と励ましていた。

保護者席を見渡した。どの保護者も怒ってなんかいなかった。それどころか口々に、

「亮夏くん頑張れ！」

「もう少しや亮夏くん！」

「頑張れ！　頑張れ！」

みんな笑顔で、大声で、私の目に飛び込んできた誰もが亮夏にエールを送っていた。みんな、亮夏を信じていた。誰も彼が悪いとか、彼のせいでとか思ってなかった。彼を信じていなかったのは、私だけだった。


「情けな」

涙がぽろぽろ出て、私は心から自分を恥じた。もう二度と、彼をかわいそうだとか、申し訳ないとか思うのはやめようと心に誓った。

この日は私の彼との関係性を作るうえで間違いなくターニングポイントとなった。

12／小学校入学に向けて

子どもが就学・進学する際、入学する学校はどんな学校か親は当然ながら気になるものである。

先生は？　教育環境は？　乱れていないか、いじめはないか、保護者との関係性は良いのかなど不安の種はエンドレス。

亮さんの小学校就学を控え、私も気になっていた。さらに彼は車椅子ユーザーときたもんだ。加えて鉛筆も持てなければ食事も排泄も移動もすべてにおいてサポートが不可欠。乗り越えるものは多そうである。

通常、障害とともに生きている子どもたちには就学先として大きく分けて二つの選択肢が提示される。

・地域小学校
・特別支援学校小学部

それぞれ子どもの健康状態や、通学における利便性、親の考え方などによって選択する。わが家の場合、地域小学校を希望することにした。その理由は二つ。

・地域の子どもたちに亮さんの存在を知ってもらいたい
・学校が公園を一つ挟んだ目の前にある

勉強は重視しない。それよりも、一歩外へ出たときに
「おう！　亮夏！」
そう声をかけてもらえる友達を地域に作ってあげたい。そう考えた。
障害による隔たりとは結局のところ、お互いに相手のことをよく知らないからだ。

知らないことや知らない人は誰だって怖い。

彼を知っている人を一人でも地域に増やすことで、彼を取り巻く社会を温かいものにしてあげたいと思ったのだ。

結論から言えば、この選択で、亮さんを語るうえで欠かせない人物との出会いをはたすこととなった。現在の亮さんを形作る大きな基盤となった時期、小学校時代へと突入してゆく。

第2章

挑戦

13／岡室先生

翌年無事に地域小学校に入学した亮さん。入学当初こそ授業中私の付き添いを要したものの、すぐに他の子同様亮さん単独で小学校生活を送るようになった。亮さんは支援級と通常の在籍クラスを行ったり来たりしながら、次第に学校にも慣れていった。

がしかし、かたや私はてんてこ舞いだ。保育園時代は、家を9時〜9時15分ごろ出たらよかったものが、小学校に入るとそれよりも1時間前倒しの、8時には亮さんと出発しなければならなくなった。女性にとって、朝の5分は夜の30分というほど貴重な時間なのにもかかわらず、1時間前行動は……死活問題である。

小学校タイムに慣れなかった当初、メイクだけばっちりなのに服のコーディネートを考える時間がなく、中途半端な組み合わせで仕事に出かけたことがあった。

が、ショーウィンドーに自分が映るたび、その姿があまりにもときめかなくて、ついにお店に飛び込み、洋服一式を購入するという想定外の大赤字をたたき出してしまったことがあった。

これに懲りた私は、毎晩お布団で横になると、開け放ったクローゼットを眺め、明日着てゆく服、そして靴までしっかりとイメージし、眠ることが日常になった。

そうして母子ともに小学校生活にも慣れ出した、亮さんが2年生に上がるタイミングで出会ったのが岡室先生だった。

亮さんは出会った当初こそ「（あの）男の先生、いや」などとふてくされていた時期もあったが、岡室先生の努力もあり、次第に男同士信頼関係を結んでいった。

当時私が就任ほやほやの岡室先生にお願いしたことは二つだった。

・特別扱いせず、他の子どもたちと同じ扱いをしてください

・できないことはどうしたらできるかを一緒に考えてやってください

基本的に「学校のことは学校にお任せしよう」と考えていたので、岡室先生が亮さんとやってみたいということは口出しをせず、お任せ（丸投げ？）することに決めていた。

私は保護者ではあるが、先生ではない。だから、学校での勉強や生活面においてはプロフェッショナルである先生にお任せするのが良いという考えだった。

親の視野は、結局のところ親であるからこそ狭い。親だからこそ見えることがあるのであれば、親だからこそ見えないことがあるはずだ。

岡室先生も肢体不自由のある脳性麻痺の亮さんとの関わりは「完全な手探りだった」そうなのだが、休日返上でさまざまなコミュニケーション方法や支援機器の情報などを勉強してくださり、1年が経つころには、岡室先生に私が教えを乞うほどになっていた。

岡室先生はとにかく何でも決めつけずに、そしてどうすれば亮さんが楽しくさまざまなことに取り組めるのかを考え、実践してくれた。そんな先生に亮さんも、「おかむろ」と呼び捨てにしてはあっかんべーをしておちょくるほど信頼を寄せるようになっていた。

14／泣くな亮さん

亮さんが小学校3年生のころ、親や祖父母など家族以外の人と出かけたことがなかった亮さんを、岡室先生がスタバに誘ってくれた。

なかなか「うん」と言わない亮さんに「誰とでも、どこへでも出かけられるようになることで、亮夏の世界は広がるんやで」と話してくれた。私もその通りだと思った。だが、小学3年生の亮さんには、「世界が広がる」と言われてもピンと来ていないようだった。

小学校入学当時の亮さんは「初めての物」だったり、「予想できないこと」なんかには必要以上に驚いたり（例えば今でも隣でリラックス中の彼に、「ところでさあ」と話しかけるだけで彼は毎回飛び上がって見せる）、とにかく苦手だった。

晴れ舞台の入学式も声高らか、号泣とともに入場→式中は一人べそをかきながら参加→嗚咽とともに退場。亮さんの小学生生活は、絵に描いたようなあかんたれスタートを切っていた。

何とか亮さんを連れ出そうと「コーヒー専門店で飲むアイスのカフェラテはうまいぞー！」とやたらカフェラテを推す先生にさすがの亮さんも根負けしたのか、

「アイスのカフェラテ、飲んでみたい」

と、全然飲みたくなさそうな顔でつぶやいた。

結局梅田まで出て、お目当てのアイスカフェラテ、ではなく、「気が変わってオレンジジュースを飲んだ」亮さんは、涙をぼろぼろ流しながら全身汗だくになった先生と帰ってきた。

そんな二人の様子から道中の過酷さがはっきりと見て取れた。泣きじゃくる亮さんに私は強い口調で

「泣くな」

と言った。

「亮さんはママと一生二人きりで生きてゆくんか?」

私は、私以外、家族以外の人と出かけられるということが、いったいどれだけ素晴らしいことなのかを説いた。

「亮夏はどこへでも、誰とでも行ける！　亮夏の世界は、亮夏のものやねんで。マ

マは亮夏をママだけの世界に留めたくない。亮夏は世界中、どこへだって行けるんやから、ママやじぃじの隣にいるだけじゃだめや」

下唇を突き出しながら、亮さんは泣いていた。

「心配せんでも大丈夫。いつだってママはここにいて亮夏の帰りを待っているんやから」

「大丈夫、亮夏ならできる。亮夏ならできる」

私は亮さんに繰り返し伝えながら、そう自分に言い聞かせていた。

亮さんが泣いて帰ってくるたび、亮さんの涙を見るたびに、何とも言えない気持ちになった。でも、泣いているからと言って、「じゃあやめる」という選択肢は私の中には一切なかった。亮さんもやめたいとは言わなかった。

「頑張ったな。えらかった。こないだより5分長く先生と外で過ごせたやん!」

褒めて褒めて抱きしめた。

「もうやめようか」

を言わないために少し早口で私は亮さんに話し続けた。

それから8年後。亮さんは誰とでも、どこへでも行けるようになったどころか、車椅子ヒッチハイクをして一人旅ができるようにもなってゆく。

「泣いていたくせに」ではなく「泣いていたから」なのかもしれない。

つらい経験、苦しい経験、悔しい経験。それらは糧だ。ハッピーで、あったかくて、傷つかず、ただ幸せに、私の隣にいて笑っていただけでは、今の亮さんはきっといなかった。

「大丈夫、君は君が思うよりも、かっこよく生きてるで。だからもう、泣くのやめ」

あの日に戻れるのならそう言って、今度は笑って抱きしめるんだ。

15／君だからこそできること

亮さんが4年生になったころ、妹のつかさが生まれた。

つかさが生まれる前は「ママを取られる……」と言って不安がっていた亮さんだったのだが、つかさを一目見たその瞬間「か、かわいいいいいいい！」髪をつかまれても、鼻の中に指を突っ込まれても、「いいよ、いいよ」と笑って過ごす兄バカぶりを発揮していた。

その日は休日で、たまたまリビングに家族がそろっていた。いつも通りテレビボードの前で、引き出しの中からガムテープやら、ウェットティッシュやら古いリモコンやらを出したり入れたりしていた9か月のつかさが、いきなりつかまり立ちをした。

「お」と私。

「うわ。つかさ！」と夫。


はじめて目にしたわが子のそれは、テレビやドラマで見るワンシーンとまるで同じだった。夫も、私も、

「パンパンに詰まったソーセージみたいだよね」

と話していた肉付きのいい天使が頼りなくも立ったことに驚き、喜び、歓喜した。

「やっぱりつかさは何でも早いなあ」

「そらこんな立派な足してんねやから、早いに決まっている」

意気揚々と両足を広げて立つ彼女の背中をほほえましく思った。そして、隣にいた亮さんと目が合った。

亮さんは、誰がどう見ても、

「僕今、びっくりしています」

という表情を浮かべていた。私は亮さんの表情を見てハッとした。

「これはテレビとか本とかで読んだことある、『なぜ僕には障害があるの？』って聞くシーンかな」

そんなことを1秒ぐらいで考えながら、

「さて、どうする私」

亮さんの目をまっすぐに見ながら考えた。絶対に嘘はつきたくないし、はぐらかしたくもない。あるがままを、包み隠さず伝えたい。

いけるか、私。とにかく、亮さんにも、自分にも正直でいたかった。

「なんで自分は歩かれへんのに、つかさは歩けているのかって思ってる？」

私は亮さん専用の椅子（座位保持装置）にベルトで固定され座る亮さんの真正面

に向き合うと問いかけた。

「はい」

亮さんは良いとも悪いとも言えない表情で、一言返事をした。

「そうやな。この家族で歩かれへんのはあんただけや」

正直に言うのは残酷なのだろうか。亮さんの表情は変わらない。

伝わってほしい。そう願いながら。私はどうしたら亮さんに伝えたいことが伝えたいように伝わるのか、頭をフル回転させて考えた。

「亮夏、義足ってわかる?」

「はい」

「それもさ、その人なりの『歩く』やろ？　例えば海外では足が欠損していて、スケートボードを使って、手でこぎながら歩いてる人もおるな。あれもその人の『歩く』やんか」

「はい」

「じゃあ亮さんの『歩く』って何や？」

「…くるまいす…」

「せや。車椅子や」

笑顔で伝える。

「たしかに義足で歩く人も、スケートボードで歩く人も、車椅子で歩く人も、自分の足で歩く人たちより少ないかもしれん。でも、少なかったらあかんのか？」

彼は黙って聞いている。

「少ないからあかんとか、多いから良いとか、そんなん関係ないのとちがうか」

そう笑いかけたら、彼もニヤリと笑った。

「やろ？　歩き方なんか人それぞれやん。ママは足。亮さんは車椅子。それだけのことや」

彼はうなずいた。

「でもな」

亮さんの手を握る。

「でもな、ママはこう思うねん。人と違う亮夏やからこそ見える景色があるんじゃないかな。人と違う亮夏やからこそできることがあるんじゃないかな。それは今何かと言われても、ママにもわからん。すぐに見つかるかどうかもわからん。でもきっとある。それは何か、一緒に探していけへんか」

笑いながら、伝えた。笑うことで、大丈夫だと伝えたかった。探すことは大変なだけじゃなくて、楽しいことなんやで。

「人と違うことは悪いことじゃない。人は人と違うからこそ困っている誰かの力になれる。人と同じになんかなろうとせんでいいんやで。人は、人と違うから平等なんやで」

「はい」

ただ一言亮さんは言った。でもその目は輝いていた。希望を失ってはいなかった。

ああ、大丈夫だ。そう思った。そして私も覚悟を決めた。

私は亮さんを一生守ってあげられない。残念ながら大したお金も残してあげられそうにない。私ができることは、亮さんが自分の人生を自分の足で生きていける力をつけてあげることだけだ。

障害は決して、亮さんの人生に黒い影を落とすものではない。障害は、ただのわかりやすい「人との違い」でしかないのだから。

その日、亮さんとこんな約束をした。

・たくさんの人と出会い、自分の価値観を広げること
・誰に対しても感謝の気持ちと笑顔を忘れないこと
・自分の可能性を自分で見つけられる人になること
・どんな環境にあっても、その中から自分で光を見つけられる人になること
・同情やいたわりではなくＷＩＮ-ＷＩＮの関係性で人とつながれる人になること

障害者として生きるのではない。畠山亮夏として生きるのだ。

16／「20歳になったら家を出て行って」

未来がどうなるかなんて、私にはわからないけれど、すべては不可能でも、未来って作れるんじゃないかって実は私は思っている。

つかさがつかまり立ちをした、あの日。唖然《あぜん》とする亮さんに私は

「人と違う君だからこそできることを一緒に見つけていこう」

と話をした。そのあと、自分に向き合おうとしている亮さんを知った私は、少し早いかなと迷いながらも、以前からずっと考えていたことを伝える決意をした。

「亮夏に聞きたいことがあるんやけど、いいかな」

「はい」

「亮夏は、死ぬまでママと生きたい？　それともいつか結婚して、かわいいお嫁さんと生きてみたいと思う？」

「んー。結婚してみたい」

「いいねえ。結婚できるかな？」

「できるわ」

「あははは！　そうか。あのな。私と亮夏は親子やねんけどな、結局は他人やねん。亮夏はママじゃないし、ママは亮夏じゃない。意味わかる？」

「はい」

「うん。私たちは、親子やけど、別々の人間やねん。だからママは、亮夏の人生を歩かない。ママはママの人生を歩く。その代わりな、亮夏もママの人生を歩かなくていいんやで」

「？」

「ちょっとむつかしい話やな。でもすごく大事なことやねん。今は意味が全部わからなくてもいいから、聞いてくれる？」

「はい」

「ママな、自分が子どものころ、自分の親の言うことばかり聞いてきてん。お父さんやお母さんが望むことを叶えようってそんなことばっかり考えててん。自分がやりたいことよりも、お父さんやお母さんが言う道を歩いてきてな、それがほんまに苦しかってん」

「はい」

「ママな、亮夏には、亮夏の人生を歩いてほしいねん。でも、もしもママが亮夏の人生を自分の人生に重ねて歩いてしまったら、結果的に亮夏はママの人生を歩いてしまうことになるやろ？　それは絶対にママはあかんと思ってる。だから、ママはママの人生を歩く。だから亮夏もママに遠慮することなく、自分が思うように生きたらいいんやで」

「はい。わかった」

「あと、とりあえず、20歳になったら家出て行ってくれる？」

「⁈」

「あんた、一生死ぬまでママと暮らしたいか？」

「それは、嫌」

あははは！　思わず笑った。

「やろ？　嫌やろ？　一人暮らしはいいぞー！　親の目を気にせず、好きなときに好きな人と好きなことができるで～」

にやりと笑う亮さん。

「もちろん、それが実現できるようにママも全力で20歳までは応援するから、心配せんでいいよ。いっちょやってみようか！」

「はい！　やってみる！」

この約束をしたのは、何も亮さんと生きるのが嫌だったからじゃない。でも、一緒に生きることだけが選択肢じゃないということを、亮さんにも、自分自身にも言いたかったんだと思う。

「一緒に生きる」こともちろんできるけど、「一緒に生きない」という選択だってできるはず。選択肢はこれしかない、となると、とても窮屈だしなんか楽しくない。

動けないとか、話せないとか、一人で排泄できないとか、食事できないとか、飲み物飲めないとか、移動できないとか、歯磨きできないとか、テレビのリモコン押せないとか。

「親と離れて生きることができない理由」はたしかに山ほどある。

それでも、「できないからやらない」ってなんか悔しいし、なんか嫌だ。20歳になっても家を出て行けないかもしれない。でも、出て行けるかもしれない。じゃあ、出て行けるようにするには、今どんな選択をしたらいいんやろう。

学校は？　行動は？　仕事は？

叶えたい未来から、「今」の行動を考えてみた。そしたら、なんか楽しくなった。毎日がワクワクした。できないかもしれない。でもそんなの関係ない。「やってみたい」その気持ちが大切だ。

やってみたいことがあるなら、どうしたらできるのかを考えて、できることを行動する。その積み重ねがきっと亮さんを強くすると私は思った。

この日から、亮さんの「やってみたいこと」を探す旅が始まった。

17／「やりたいこと」を探す旅

「やってみたいこと」を探す毎日を重ねながら、亮さんも気がつけば6年生になった。来年は中学生だ。友達とこのまま地域の学校に進学をするのか。はたまた支援学校に進学するのか。進学についても亮さんと何度も話し合いをした。地域の学校に進学すれば、友達や同級生もいる。

ただ、おそらくたとえ同じ学校であったとしても、支援クラス在籍となり小学校のようにクラスメイトとともに教室で過ごす、というよりも、別室の支援クラスで過ごす時間が多くなることが予想された。

先生も障害児支援専門ではない可能性もあり、将来的な「自立」＝「誰にも頼らず一人で生きる」をイメージすると、友達はいないが、今から専門的な機器の取り扱いや多くの情報に触れることができる支援学校へ進学するのがよいのではないか。

また、亮さんと同じ障害がある子ども同士共感し合えることや、何か知らないけど、盛り上がる会話もあるかもしれん。

「それはそれで大事なんじゃない？」

という結論に達した。そして亮さんは支援学校に進学を決めた。

小学生時代の友達たちと別れ、いざ支援学校に入学した亮さん。だが入学して初めて気づいたこともたくさんあった。

まず子どもが少ない。亮さんが進学した学年は3クラスだったのだが、1年生全員合わせても10名にも満たなかった。また在籍する子どもたちは医療的に「重度」と位置付けられる子が亮さんの学年は大半だったため、子ども一人に対しほぼマンツーマンの形で先生が付いていた。会話ができる子も少なく、気がつけば亮さんが実は一番おしゃべりなんじゃないか説が急浮上したほどだった。

また残念なことに、亮さんが入学したタイミングではまだ支援機器について得意とする先生が在籍しておらず、思い描いていた支援学校生活「じゃない方」がスタートしたことを、入学して1週間で私たちは気づいてしまったのであった。

とはいえ、残念なことばかりではないのが面白い。なんと亮さん、生徒会に立候補したというのだ。それを聞いたとき、見事に家族全員、

「誰が立候補したって？」

と、同じ反応を返したほど、亮さんを知る人間にとって「亮さん生徒会に立候補」はまさに「鳩に豆鉄砲」であり、「寝耳に水」「青天の霹靂」であった。

保育所、そして小学校時代の亮さんは間違いなく「愛されキャラ」ならぬ「守られキャラ」だった。常に世話を焼いてくれる女子や男子に囲まれて、皆が「できない亮夏くん」を守り、助けてくれていた。いじめられることなんかも一度もないまま、クラスの中で「できない亮夏くん」はだいたい中心にいて、皆に何かをやってもらっては、「ありがとう！」と言ってニコニコ笑っている。皆にお世話を焼いてもらい、喜んでもらう。それが亮さんの立ち位置でもあった。

そんな亮さんが生徒会に立候補だなんて、何がどうなったというのだ。車椅子の背中に「副会長には、はたけやまりょうかを！」と、どでかいのぼりを立て各教室を回る亮さんのショートムービーが先生から送られてきた。小学校時代とのあまりの違いに、一時わが家は騒然となった。かといって理由を尋ねても、

「なんか、やってみようかな（と思っただけ）」

と言うだけで、釈然としない。まあ、そんなこともあるのかしら……皆首をかしげながらも、新生・亮さんを「にいさん、情勢はどないですか?」「今日の選挙活動はどないですか?」「にいに、センキョ、どう?」と「どないや、どないや」一人ずつ帰宅するたびに尋ねながら、亮さん初めてのチャレンジを皆気にかけ、応援していた。

そして結果は……見事に落選！　どうやら惨敗だったらしい。生徒会は3年生と2年生中心に当選し、1年生の亮さんはお呼びではなかったようだ。

帰宅後明らかに口数が減り、笑顔をどこかに置き忘れてきた様子の亮さんに
「そりゃ新参者の1年生にはまだ任されへんってことなんじゃない?　来年はきっと受かるよ！」

「頑張ってたよねぇ。まじかっこよかったって！」

「にいに、大好き！」

祖父母含めた家族みんな、しょんぼりと肩を落とした亮さんを全力でねぎらった。

でも内心、もう来年以降立候補はしないだろう。大人たちは皆そう思っていた。

ところが翌年、2年生になった亮さんがまた「生徒会に立候補した」と嬉しそうに帰ってきたときは
「え、なんで？」

大人たちはそろって驚いた。当然のように昨年落選したショックから、もう二度とチャレンジはしないだろうと、心のどこかでたぶん、決めつけていたのだ。そのことに私自身気がついたときは、冷や汗が出るほど自分を恥ずかしく思った。同時に「亮さんやるやん」と思った。

「なあなあ、なんでまた立候補しようと思ったん？」

「……」

「だってさ、去年落選したやん？　もういややなって思わんかったん？」

「おもわん」

「なんでよ」

「生徒会、やってみたぃ　から」

「そうか……たしかに、やったことないことは、一回はやってみたぃよね」

「はぃ」

『至極当然』という顔で亮さんはうなずぃた。「応援してるからな」と伝えると、亮さんは「ありがとう」と言葉を絞り出した後、ぃつものように、素晴らしく口角が上がった笑顔を見せた。

早速今年度の挑戦に向けた作戦を尋ねると、「前回は恥ずかしくて回り切れない学年もあった」という反省点を踏まえ、2年だけでなく、1年生、3年生の教室に昨年ののぼりをリユースし（先生、よくぞとっておいてくれた！）休み時間ごとにくまなく選挙活動を繰り広げる、と言っていた。今年はいける。家族誰もがそう確信していた。その結果は……またもや「落選」だった。

「うそー！　なんでー！　絶対当選すると思っていたのに！」

　絶叫する私に、

「りょうかも」

　ぽつりつぶやく亮さん。その横顔を眺めながら、面白くなってきたではないか、と私は思った。

「で、来年はどうすんの？」

　顔を覗き込みながら落選したばかりの亮さんに早速尋ねてみた。亮さんはにやりと笑って一言、

「やる。あきらめない」

　そう言った。

「ＯＫ！　そうでなくちゃ！」

　二人で顔を見合わせて笑い合う。こうなれば選択は一つ、「二度あることは三度

ある」じゃない、「三度目の正直」や！　落選が判明した数時間後には1年後を楽しみにしている、そんな亮さんが眩しく見えたのは、きっと差し込む西日のせいではないはずだ。

そしてついに今年もやってきました、生徒会選挙！　3年生となった亮さんにとってはラストチャンスだ。亮さん的には

「やり切った」

らしい。何をどうやり切ったのかは知らないが、とにかく自分がそう思えることが大事だ。結果よりも過程を大切にしてやりたい。がしかし、やっぱりここまで来たら当選できたらいいなぁ、と思う。こんなときにふと、「なるほど、私も親なんだな」と思ったりする自分に少し笑う。亮さんはいつものようにバスに乗って登校していった。

そして6時間後、帰宅を今か今かと待ちわびていた私と目が合った亮さんは

「当選……した」

声を絞り出し、そして笑った。苦節3年、桜咲く、である。

「よかったなー！　おめでとー、亮夏！」

ぴょんぴょんと飛び跳ねながら抱き合った。というか、実質的には一方的に抱きしめた。亮さんはどこか迷惑そうな様子もなくはなかったが、それでもやっぱり嬉しそうだった。

あなたの努力と、あきらめなかった結果手にした生徒会副会長という称号をともに祝いたい、その気持ちを伝えたかっただけだから、そんなことは別にかまわない。

「亮夏、3年間あきらめなくてよかったなあ！」

「はい、よかった。頑張った」

『生徒会役員任命書』を力強く握りしめながら、これまた手加減なく自画自賛する亮さんを感心するやら、あっけにとられるやら。

喜びの儀式も一通り落ち着いたとき、私はずっと疑問に思っていたことを聞いてみることにした。

「亮さんさ、小学生のときから生徒会やってみたいって思ってたん？」

「思って　ない」

「へえ、そうなん？　なんで？」

彼はしばらく考えた後、

「自分に　できると　思わなかった」

と言った。

「中学生になったら、できると思うようになったん？」

「なった」

「え、なんで？」

しばらく視線を上に向けた後、亮さんは絞り出した声でこう言った。

「役に　立ちたい」

「役に立ちたい？　誰の？」

「…友　達」

そういうことか……。小学校時代、彼は「できない亮さん」で「守ってもらう」立ち位置だった。

だが、支援学校では彼よりももっともっと重度障害があって、生と死のはざまで生きている子どもたちも在籍している。『クラスメイト』という環境が変わったことで、いつの間にか亮さんは「守られる側」から「守る側」に代わっていたのだ。その変化が彼の心を強くさせ、チャレンジ精神を刺激したのだとわかった。

人は置かれた環境次第でこんなにも変わり、成長できるということを初めて目の当たりにした。

・どのような環境に身を置くのか（選択）

さまざまな理由で選択ができなかったとしても、
・置かれた環境をどう理解し、その中で何を行うのか（解釈・行動）
私たちの日常には、成長できるチャンスがいくらでもあるのかもしれない。きっかけさえあり、「やってみたい」という気持ちに応援してくれる人さえいれば、人は１８０度も変われる力を持っているのだ。

18／できるかできないかなんて、どうでもいいから

生徒会当選とは前後するが、中学3年生となり数か月が過ぎたある日。常勤の仕事を退職した私は、亮さんと二人で並んで、ぼんやりと夕方のニュースを眺めていた。

「……続きまして、本日の特集は『ホースセラピー』です。障害ある子どもたちと

馬との出会いについて取材しました」

画面には、発達障害や精神障害、知的障害のある小学生の男の子や女の子が楽しそうに馬と戯れたり、乗馬している様子が映ってる。

「乗馬、いいねぇ」

半分は独り言、半分は亮さんに。私は何となくそうつぶやいていた。つぶやきながら、

「まあ、亮さんには関係ないけど」

とも思いながら。亮さんは動物が大の大の大の苦手だからだ。理由は「臭いし動く」から。

しかし、なぜか視線を感じ隣の亮さんを見ると、目が合った。

「どないしたん?」

投げかけた私の言葉に対し、少し間を開けてから亮さんはこう言った。

「乗馬…やろか?」

え? 一瞬亮さんの言葉の意味が理解できなかった。

「乗馬て、あんた意味わかってゆってんの? 乗馬って馬に乗るってことやで。馬って、動物やで?」

「わかってる」

そしてまた彼はこう言った。

「馬、乗ろか?」

いやいや、なんでさっきからちょっと上から目線やねん。そう思いながら、もう一度確認した。

「乗馬、馬に乗りたいってゆうことであってる？」

「はい」

「ほんまやな？　ほんまに乗るんやな？」

「はい」

「乗りたいんやったら問い合わせたるけど、やっぱりやめたはなしやで。ええんやな？」

「…はい」

一瞬ためらいはあったものの、亮さんの気が変わらないうちにと早速問い合わせ先を控え、私は電話を入れることにした。

亮さんが小学校4年生のころ、私と10歳の亮さんは
「人と違う自分だからこそできることは何か、それを考えよう」
というところから、将来について考え始めていた。

「うーん、うーん」

と、頭をひねり、さらには体をぶんぶん動かしながら（これは不随意運動なので関係ないのかもしれないけれど）、必死に考えた末に亮さんはこう言ったのだ。

「好きなことはあるけど、やってみたいことがない」

私はそのときずっこけそうになった。好きなものを聞けば、寿司だとか電車だとか、あれこれ出てくるのに、やりたいことがない。これは、亮さん自身が「全介助が必要な自分には、何かができるイメージが持てない」と思っているのではないかと気がついた。

「できるかできないかはどうでもいいから、興味あることをなんでもいい、言ってみて」と伝え、それから毎年、「やったことがないこと、ワクワクしそうなことをやってみる」ことにしたのだ。

翌朝。家族全員を送り出し、控えた電話番号をタップする。

「はい。もしもし」

電話に出た。

私は、昨日の放送を見たこと。15歳の脳性麻痺の息子がぜひチャレンジしたいと話していること。次回のイベントがあれば申し込ませてほしいことを、伝えた。

担当者の方は、

・基本的には、精神・知的障害児のためのイベントであること

・今まで車椅子のお子様が参加されたこともあったのはあったが、ここまで大きなお子様が参加されたことはないということ

を教えてくれた。

なるほど、そんな気はしていた。私はダメ元で、

「実は、ずっと動物嫌いだった彼なのですが、今回初めて参加されていたお子様の様子を見て、自らチャレンジの意思を伝えてきました。こちらでできることは何でも致しますので、ぜひご検討いただけませんか」

『やってみたいねん』

その彼の気持ちを、大切にしたかった。

すると、窓口のMさんは

「当日その場にならないとわかりませんし、もしかしたら乗っていただけないかもしれませんが、できる限り乗っていただけるように頑張りますね」

そう言ってくれた。

その後、Mさんと何度も電話で打ち合わせを重ね、その日を迎えた。

大勢のスタッフさんが固唾をのんで見守る中、数人の男性スタッフに抱えられ、亮さんは真っ白な馬の背中にまたがった。亮さんを後ろから支える形で、男性スタッフさんも一緒に馬に乗る。一歩、一歩。ゆっくりと歩き出す馬。亮さんの体もそれに合わせて上下に、右に、左に、柔らかく揺れる。緊張した表情だった亮さん、振り返った顔は、満面の笑顔だった。

ああ、亮さんが笑っている。こんなに嬉しそうな顔を見るのは、いったいいつぶりなんだろう。そんなことを考えていた。

亮さんがこちらを向いて何か言っている。口の動きを読んでみた。

や　た　よ　まま

「やったよ、ママ」

気がつくと私は泣いていた。ボランティアさんも泣いていた。高い秋空の下、た

くさんの皆さんのおかげで、

「馬に乗りたいねん」

が実現した。ご協力いただいた皆様には感謝しかない。

今でもこの日のことを振り返り、亮さんは言う。

「苦手だと思ったことでも、もう一回やってみることを　お勧めします」

19／「支援学校、やめます」

亮さんはその後、通例ならこのまま支援学校の高等部に進む予定だったのだが、「やっぱり友達が欲しい。どうでもいいことを同年代の友人とぺちゃくちゃ話したい」という夢を日に日に大きく膨らませていった。

家族でカラオケに行っては「友達とカラオケに行きたい」、私の高校生活の話を聞いては「夜遊びしてみたい」「恋愛話を友達としたい」、野球のテレビ中継を見ては「友達と甲子園に野球観戦に行ってみたい」そんな夢を口走る日が、聞き流せない頻度に増えていった。

たしかに支援学校生活ではなかなか実現しづらい夢でもあった。親心としても、これから一社会人として「自分にしかできない何か」を見つけ、もしもそれを仕事にしていくのであれば、一般高校の中で揉まれ、さまざまな経験を積むことはとても大切な気がした。膝と膝を突き合わせ数日話し合った結果、亮さんは一般高校への受験を決意した。

決意したのは良いのだが、決意した時期が中3の夏前である。誰が大変て、先生が大変なのである。他校の受験を告げたときの「え…」という一瞬ではあったもののあの間が、いかにイレギュラーなことを、いかに一刻の猶予《ゆうよ》もないタイミングで述べているのかがわかってしまった。

「一般校ならどこでもいいや」なんてすっかり決まった顔で嬉しそうに話している亮さんを視界にとらえ、思わず、

「おい、どこでもよいわけがなかろう。先生方の顔を見ろ！　うろたえておられるではないか！」

そう頭の中で亮さんに舌打ちをしながら、急遽いくつかの候補を出していただくよう、先生にお願いをした。

裏表に印刷された一覧表を基に、インクルーシブ教育を取り入れた、いくつかの学校をチェック。その中から、距離・学力（高いところは厳しいから除外）をリサーチ。工業高校も含めた3つの候補に見学にも行き、結果的に自由な校風と自宅からも車で片道25分の距離にあるということで、大阪市内にある一般高校に候補を絞った。

そして年も明け、冬の寒さも少し和らぎ出した3月。面接試験を何とか乗り越え、亮さんは晴れて希望の高校に合格できたのであった。

第3章

一歩

20／地獄の向こう側

ドタバタの卒業、受験、そして入学式を終え、やれやれ、これでやっと落ち着くわい、と考えていたのもつかの間。6月のある日学校より「授業選択のお知らせ」という手紙を亮さんが持って帰ってきた。つまり、

「卒業後の進路を見据えて、授業を選択してください」

ということだ。

「つい先日入学したと思ったら、もう卒業後の話て。気持ちがついていけんわ」

ため息交じりに嘆く私に、

「なあ」

と、さも神妙そうな顔をして見せているが、私に合わせているだけで奴はたぶん何も考えてはいない。

「一応聞くけど、卒業後、なんかやってみたいこととかあるん？」

亮さん、しばらく斜め右を見ながら考えていたが、

「ない」

と、一言。まあ、そうよな。わかるわ。私も高1のときなんか、なんも考えてなかったもんな。

「まあでもさ、そうやなあ。興味あるなあ、みたいな仕事とか、面白そうやなあ、みたいな生き方まで広げて考えてみてよ。なんかないの？」

亮さんはまた、斜め右に目を向けながら考えて、こう言った。

「日本一周」

「はっ？　日本一周?!」

思いもよらないスケールをぶち込まれて、ワントーン高い声で返してしまった。

「日本一周てあんた、どないしてしようと思ってんの？　そもそも寝泊まりはホテルとか無理やねんで。よくてテントや。あんた、テントで寝たことないやろ」

「ない」

「まずは、日本一周を目指すなら、知らない方と一緒にテントで寝られることが最低条件やで」

「わかった」

「わかったって、どうすんの？」

「テント、で、寝る」

「誰と？　言っとくけど私は行かんで。私が行くと意味ないし」

「だれかと」

「誰かって、誰やねん。今回の場合は、知らん人と寝泊まりすることに意味があると私は思うけどな」

「うん。知らん人と、泊まるわ」

「知らん人ってなあ、あんた簡単に言うけどさあ……」

どこの誰が、見ず知らずの、しかも16歳、小さな子どもでもない障害ある彼と一晩寝泊まりなんてしてくれるのだろう。そんな人なんているのだろうか。うむむ。腕を組んで考えてみたが、考えていても仕方がない。探すか。

「亮さん、もしもそんな人がいたら、ほんとにテントで1晩その人と泊まってくるんやな？　ほんまに泊まるんやな？」

「うーん」

亮さんは迷っている。親としてここはどう対処すべきか。できれば挑戦できるに越したことはないのだが。

そこで、視点を変えて、キャンプ場から探してみることにした。亮さんと携帯画面をシェアしながら『大阪市　キャンプ場』と打ち込んでみた。すると二つ目に『舞洲バーベキューパーク』が出てきた。ここなら自宅から車で30分もあれば行ける距離だ。

「亮さん！　ここ、ここ見て！　めっちゃ近いで！」

画面を上に下にとスクロールさせながら、ホームページを読み漁る。

「あ、テントのレンタルもあるって。いいやん。コンロも借りられる。食材さえ持ち込めば、手ぶらで楽しめるね」

楽しめるね、を一際強調しながら、にっこり笑って見せる。

「万が一ここなら、何かあってもすぐに迎えに行けるよ」

「……」

まだ迷っている。何か一押しできるものはないのか。考えろ考えろ。

「あ！　朝は焼き立てのパンケーキを焼くのはどう？　材料も簡単だし、朝日を望みながら外でパンケーキが食べられるなんて、最高じゃない？」

亮さんの顔がパッと輝いた。よし、あと一押しだ。

「今までチャレンジしたことない、初めてのことって不安だよね。すごくわかるよ。だけど、やったことがないからこそ、感じたことのない楽しさや経験が待っているかもよ。迷っているならやってみたら？」

いつも泣いていた亮さん。慣れない場所、慣れない人、慣れないことがあるたびに泣いていた亮さん。そんな彼が、今、勇気を出して新しい一歩を踏み出そうか、それともやめようかと迷っている。少し強引な言い方になってしまったのかもしれない。

でも背中を押してやりたい。でもこれ以上は押せない。これ以上押してしまうと、『行けと言われたから行った』となり、彼自身が「自分で選択し、行動できた」という達成感を彼から奪ってしまうことになる。あとは彼が決めることだ。どうする、亮さん。

「…わかった。やってみる」

彼はやると決めたようだ。

「OK、応援するよ」

彼と私、顔を見合わせ、どちらからともなく、うん、と一つうなずいた。

このチャレンジのパートナーを探すにはどうしたらいいだろう。そこでまず思いついたのがFacebookへの投稿だった。

SNSへの投稿はリスクもあるが、より多くの、そして不特定多数とはいえ、「自分とどこかで何らかのつながりのある方がつながっている誰か」に発信できるという安心感もあり、今回活用することにしたのだ。

「いつも仲良くしてくださっている皆様、はじめましての皆様。私は16歳になる脳性麻痺の長男の母親でもある畠山織恵と申します。このたび折り入って皆様にご協力をお願いしたいことがございます」

パソコンに向き合い、何度も書いては消す、書いては消すを繰り返し、言葉を紡いだ。

・16歳の脳性麻痺の長男が将来日本一周を考えていること
・その実現の一歩として、知らない方と、テントでの寝泊まりを体験してみたいと思っており、それを一緒に挑んでくれるボランティアを募集したいということ
・場所は大阪であること
・障害の状態や、食事、移動、排泄は全介助が必要だということ
・テントなど準備物はすべてこちらで準備しておくこと

などを記載し、

「やってみよう!と、ご協力いただける方がおられましたら、ぜひご一報ください!」

と結び、良いご縁がつながりますように、祈る気持ちで送信ボタンをクリックした。

さて、そんなことを

「面白そう！」なんて引き受けてくれる方なんて、そう簡単には見つからない……ことはなかった！　そう！　見つかったのだ！　フリーの作業療法士として栃木県で活動されている、名前は徳さん。もちろん私も、亮さんもはじめましての出会いだった。

チャレンジに向けて徳さんと何度もやり取りをし、決行日はキャンプ場の空き状況から、9月22日に確定。そして本番前に一度会うことになった。

初めてお会いした徳さんは、めちゃめちゃ大きかった。背も高く、体ががっしりしている。優しい笑顔も相まって、一言で言うと『安心・安全』それが徳さんだった。

徳さんといろんな話をした。中でも印象的だったのが、徳さんの好きな歌手について質問したときだ。

「僕は湘南乃風がめちゃくちゃ好きです。若旦那なんか、最高す！」

と満面の笑顔で教えてくれたときは、物静かな風貌とのギャップに驚きはあったが
「ああ、本当に若旦那さんのことが好きなんだな。もう一度湘南乃風、聞いてみようかな」

と思った。

事前に録画していた排泄の様子を見てもらったり、実際に食事を一緒に取っていただき、

「今回の経験は、僕にとっても勉強ですから」

と、交通費も受け取らずに徳さんは9月の再会を約束して去っていった。

いよいよ翌週にキャンプチャレンジを控えてたころ、亮さんのテンションが下がっていることに気がついた。

「どないしたん」

キッチンで片づけ物をしながら、亮さんに投げかける。だんまりを貫こうとする亮さんに
「あんた、行くの怖くなってんねやろ」

カウンター越しに少しかがみながら亮さんの表情を見た。

「はい」

はああ。やっぱりな。初めて、苦手やもんな。まあ気持ちはわかるけど。さて私。どう持っていくか。

「何が一番不安なんや？」

「トイレ」

と亮さん。そう、亮さんにとって外出時のトイレは鬼門なのだ。

物心ついたときから
「おら、絶対紙パンツはかないよ。紙パンツはくくらいならどこにも行かないよ」

と、徹底的にトイレ派であり、体重が増えて抱きかかえての排泄が困難になってからは徹底的に尿瓶派となった。

しかし、尿瓶に関して慣れていない方が行うと、呼吸が合わず、だだ漏れして、ズボンもパンツもびしゃびしゃになることが少なくなかったのである。だから今回もトイレ事情が心配なのだろう。とはいえ、そんなことを気にしているようでは、この先キャンプどころかどこにも行けない。むしろ誰とでも尿瓶で排泄できるようになるチャンスなのではなかろうか。

「亮さん、尿瓶で失敗したらいややってことか?」

「はい」

「そうか。あのな、こう考えたらどうやろ。おしっこは失敗するもんだ。って」

「え?」

「いや、失敗したらいやや、失敗したらどうしようって思ってるんやろ? それで憂鬱なんやろ？　でもな、慣れた私でもこぼしてしまうときはあるし、亮さんも足が尿瓶にあたって尿瓶が飛んでいくこともあるわけやん。だからな、おしっこは失敗するもんやって思ってたらいいんじゃない？」

「はあ」

「じゃあさ、もしも失敗して服が濡れたらどうしたらいいと思う？」

「着替える」

「そう！　着替えたらいいだけやねん。拭いて、着替えたらいいだけやん。問題なくない？」

「…なるほど」

よし、この調子で不安要素をつぶしていこう。

「次に心配なことは何やろ」

「寝られへん」

「あー、それな。寝れると思うほうが間違ってんちゃう？　1日ぐらい寝れなくても次の日寝たらいいやん」

「…うん」


「次に不安なことは何やろ」

「抱きかた」

「ああ、それは心配ないわ。だって徳さんは作業療法士やで。その道のプロやもん。安心したまえ」

「はい」

「他は？」

「…ない」


ない、と言いながらも、ある、という顔だ。何かわからないけれど、漠然と広がる不安。これはもう、行動したものにしか解消できない、行動してないからこそ広がる自分自身に向けられた不安なのだ。

「亮さん。やってもいいし、やらなくてもいい。決めるのは亮さん。そのうえで、話すよ。今回の挑戦は、楽しいかもしれないし、楽しくないかもしれん。やって良かったと思うかもしれんし、やらんかったら良かったと思うかもしれん。これはやってみないとわからんのよ。

でもな、一つ言えるのは、やって無駄なことは何もないってことやねん。楽しかったらそれでよし。もしもそうじゃなかったとしても、そこから自分は何を学べるかってことじゃないかな。結局は、自分次第ってことよ」

昔の私は、うまくいかなかったときには、うまくできなかった自分を責めた。うまくできない私を助けてくれない誰かを恨《うら》んだ。もう二度とやらない。そうやって私は、自分の世界をどんどん自分で狭めていった。

でも、そうじゃなくて、どんなことも自分の考え方次第なのだということを、彼に伝えたかった。ただ、この切符を手にするのかどうかは、彼次第。私が背中を押せるのは、ここまでだ。


「やってみるわ」

彼は言った。その眼にはもう先ほどまでの迷いは見えなかった。

「大丈夫、亮さんならできるよ」

亮さんに伝えながら、実は自分自身に話しているということを、私はもうこのとき気がついていた。


そして当日、夕方16時過ぎ、栃木県から当日大阪入りしてくれた徳さんとキャンプ場にて合流。亮さんバトンタッチ。
「何かお困りのことがあればいつでもお電話ください」
徳さんに、そして亮さんに手を振ってその場を後にする。途中何度か振り返っては手を振った。大丈夫、大丈夫。そう心の中でエールを送りながら、何度も何度も振り返っては二人が見えなくなるまで手を振った。

帰宅し、時計を見ると夜6時を指すところだった。今ごろ夕食を作り出しているのだろうか。夜9時。そろそろ寝る準備をしているころだろうか。夜10時。眠れずバタつく亮さんに徳さんは困っていないだろうか。夜中2時。明け方4時。結局携帯電話は静かなままだった。

カーテンを開けて、夫とつかさが寝静まった部屋を横切り、ベランダに出た。少しだけひんやりした空気。東の空からは朝日が昇り出している。彼は帰ってこなかった。彼はリタイアしなかった。大きな一歩を踏み出したことを彼は気がついているのだろうか。

「やったな、亮さん」

私はそうつぶやきながら、大きな拍手を心の中で送った。

「ホットケーキのフライ返しを忘れました。よかったら届けてくれませんか」

徳さんからのメッセージを受け、予定より早い朝7時過ぎ、つかさとフライ返しを持って家を飛び出した。彼はどんな顔をしているのだろう。この一晩の冒険の話をどんな顔で話すのだろう。キャンプ場までの30分がとても長く感じた。

車を停め、フライ返しを持って少し遠くに見えた二人に駆け寄る。

「おはようございます」

「あ、おはようございます!」

振り返った徳さんは、少し困ったような、申し訳なさそうな顔をしながら、くしゃくしゃになったパンケーキが入った紙皿を手に持っていた。


亮さんはというと、こちらもまた何とも言えない顔をしている。

「おはよう亮夏。眠れた？」

「ねれん、かった」

「やろな」

亮さんの頭をポンポンする。

「徳さん、昨夜大変ではありませんでしたか」

フライ返しを手渡しながら、徳さんに質問をした。

「まあ、どうしても体が動きますから、亮夏くんもちょっと暑かったね」

バタつきが多くて眠りづらかったんだろうなということがわかったのだが、そうか。9月はまだ暑かったのだ。と、今さらながら気がついてしまった。昨夜もクーラーをつけて寝たのに。

「亮夏、暑かった?」

「暑かった」

さらにそのころの亮さんは、体のバタつきを抑えるために、いつも誰かと抱き合って眠っていた。そして昨夜もそのように、暗くて、暑くて狭いテントの中で身長180センチ近い、湘南乃風が大好きな徳さんと一晩抱き合って眠ったのだということを想像した。思わず亮さんを見た私に、亮さんは一言こう言った。

「地獄やった」

徳さんを新大阪まで送り届けた帰り道、

「で、今回の経験を経て、日本一周はどうすることにしたん?」

バックミラー越しに尋ねた私に、亮さんは窓の外を眺めながら、

「もう、やめとくわ」

そう一言、力なくつぶやいた。

「亮さん。あんたすごいな。不安もあった中、よくやり遂げたな。間違いなくもう昨日までの亮さんじゃないで」

楽しくなかった、やるんじゃなかった。それで終わらせることもできる。でも、思い描いていたものではなかったとしても、違う角度から見たら素晴らしい経験だったことを伝えたいと思った。

「まずな、やりたいことは日本一周じゃないなーってわかったことが大事や。人間何ができるかも大事やけど、何ができないか、何をやりたくないかってゆうことを

知ることって同じくらい大事なんやで。一人旅じゃないってわかったってことは、じゃあ自分は何かな？って、視点を切り替えることができるでしょ。それがわからないうちはいつまでも迷い続けてしまうかもしれない。これは違うと自分で行動して気がつけた亮さんはめっちゃすごいんやで」

「はい」

「さすが亮さんやなあ～」

「にいに、かっこいい～！」

つかさにも褒められた亮さんは、えへへ、と笑ってすっかり得意顔になっている。

気持ちは、切り替わったようだ。

「徳さんにお礼させていただこう！　何がいいかな？」

「んー、おかし！」

とつかさ。

「そうやなあ。大阪らしいものがいいなあ」

「たこやき！」

と亮さん。

「お好み焼き！」

「りくろーおじさんのチーズケーキ！」

「え、りくろーおじさんって大阪だけなん？」

「そうそう、最高よな。あ、でもやっぱりここは551の蓬莱かなあ」

「豚まん最高！」

「シュウマイ最高！」


なぜかすっかり中華の口になってしまった3人は昼食を買いに餃子の王将へ。徳さんには後日、551の蓬莱セットの大盛一番人気を家族満場一致でお届けさせていただいたのだった。

21／だからあんた、腐りなや

亮さん、気がつけば高校2年生になった。

1年生のときより亮さんに興味を示すクラスメイトが多いらしく、学校は毎日彼なりに楽しいらしい。母としては何よりだが、また一つ彼はどうやら成長という名の大きな壁に直面していることに気がついた。

小学校のときにお世話になった岡室先生と亮さんは30歳年の離れた友人として卒業後も付き合いは続いていた。昨日はそんな岡室先生と二人で心斎橋に出かけた。場所は亮さんのリクエストで串かつだるま。しかし道中、アテトーゼ（本人の意思とは関係なく体が動くこと）の足がエレベーターで突っかかり、涙。トイレも尿瓶でちょろっと失敗し、涙。

いつもならゲラゲラと笑って済ませていたことに亮さんはどうやら引っかかり出した。

自分は人と違う
なぜ僕は車椅子なのか
なぜ僕は尿瓶なのか
なぜ僕は話せないのか
なぜ僕は歩けないのか
なぜ僕は障害者なのか

学校に向かう車の中、いつもはワンオクをガンガンかけて気合いを注入して向かうところだが、今日は話そうと決めていた。私は伝えたかったのだ。だから言った。
「あんた、腐りなや」

「？？」

「人と自分はなんで違うねんって、なんで俺は障害者やねんって思ってる？」

「はい」

「そんなんな、誰かと同じ人間なんかどこにもおらんねん」

「……」

「ママはずっと自分に自信がなかってん。だって今まで何一つ自分で決めてきてないから。全部お父さんとお母さんが喜ぶことだけを考えて行動してきたから。ママの中身は空っぽやってん。でもやっとこの歳で自分のやりたいこと見つけた。今まで経験してきた嫌やったことも嬉しかったことも全部含めてママやん？　そんなママだからこそできることをやっと今見つけられてん。


亮さんも同じやで。車椅子に乗っているとか、障害あるとか、そんなん全部含めて亮さんや。嫌やゆーても、それが亮さんや。でもだからこそ亮さんにしかわからんことがあるねん。亮さんにしか言われへん言葉があるねん。亮さんにしかできないことがあるねん。車椅子や障害あるとか、大事なのはそこじゃないねん。

亮さんにしかできないことを見つけ。焦らんでいいから。必ず何かあるはずや。亮さんはまだその旅の途中。だから、あんた。腐りなや」

「……わかった」


人と比べて、落ち込んでしまうときは誰だってある。この間まで何とも思っていなかったのに、急に気になり出すことだってある。家庭や生活環境、外見、能力、学力、考え方、友達、人脈、認知度、いいねの数。比べ出したらきりがない。でも、比べてもそこに幸せなんて一つも落ちていない。だって比べる相手は他人ではなく、自分なのだから。

昨日の自分と比べて、去年の自分と比べて、今の自分はどうか。少しでも成長できていたら、それって素晴らしいじゃないか。人と自分は違う。自分らしさは自分の中にある。誰かと比べて落ち込んで腐るなんて、もったいないじゃない。

22／彼が空から降りたなら

乗馬、単身キャンプなど、最初は本当にできるのかなと思ったけれど、協力してくれる人たちのおかげもあり、少しずつ彼は「やってみたら、できる」経験を積み重ねていた。そして、高校2年生。彼は「今年は、空にする」と言った。

「飛びましょう、お待ちしています」

問い合わせしてから4か月が経っていた。風に恵まれたこの日、とうとう亮さんは空を飛ぶ。

秋晴れの空は高く、たくさんの渡り鳥が同じ方向を目指して飛んでいた。少しだけ開けた窓から、気持ちのいい風が髪をなでていた。穏やかな日曜日、左側の車窓から差し込む光がやわらかい。自宅から車を走らせ、南へと向かう。和歌山県、紀の川市。ユーピーパラグライダースクールが今日の舞台。

山のふもとで車を降りると、空には色とりどりのパラグライダーが見えた。飛び立つ地点である山頂は少し遠く感じた。

亮さんと夫。そして、直前まで

「高いところは苦手なの」

と言っていたのに、どうやら心変わりしたつかさ。さらに、車椅子を作ってくださったご縁で駆けつけてくださったＰＡＳさんが、現場スタッフさんとともに山頂へ行くのを見送った。

私はふもとの着地点で待つことにした。亮さんがパラグライダーで空から降りて来たら、スライディングキャッチする、それが私のイメージ。ニヤニヤしながら降り立つであろう亮さんの顔を思い浮かべてはニヤついてしまう。私もしっかり親バカ、ということだ。

20分後、FaceTimeで中継が入った。

「にいに、今から飛ぶよー！」

携帯画面いっぱいに映し出された亮さんは満面の笑み。

「ママ！　飛ぶよ！　にいにが飛ぶよ！」

亮さんと並走している彼女の声は、画面に映る景色と一緒に弾んでいた。そして、次の瞬間、画面に映ったのは、空へと飛び出した彼だった。画面の中で、彼が遠く、小さくなっていく。スピーカーからは大きな拍手が聞こえてきた。

大きな風に髪が揺れ、空を見上げた。視線の先には、飛んでいる亮さんが見えた。風に乗ってふわりふわりと。空中で弧を描きながら、ゆっくりと時間を噛みしめるように降りてくる彼のパラグライダー。あのとき……彼はきっと、風になっていた。

良かったね。また一つ新しいことにチャレンジできたんやね。そう思いながら、黙って空を眺めていた。

だんだんとはっきりと見えてくる亮さんの姿。

「よーし！　私の出番やな！」

と気合いを入れ、まわりを見た私の目には予想外の光景が飛び込んできた。あれ？なんか、いっぱい人が走ってくる……？

「もしかして、亮さんのキャッチに向かってる？」

私一人で、スライディングキャッチするイメージは、押し寄せる人の波とともに消え去った。

あわてて私も走り出した。名前を呼んだ。何回も呼んだ。手を伸ばした。大きな風の中心に向かって、思い切り。たくさんの人たちの波にのまれながら、空から降りてきた亮さんの靴先を、伸ばした指先でキャッチした。

おめでとう！
よかったね！
すごいやん！

地上に降りた亮さんを、今日初めて会ったはずの人たちが囲む。みんな笑って、拍手して。よかった、よかったと。

あ、そうか……。亮さんはもう、私の手から離れていたんだ。亮さんはもう、私以外の人からも手を差し伸べられていたんだ。私が必死でキャッチしなくても、こんなにもたくさんの人たちが亮さんのまわりに集まってくれているじゃないか。

輪の中心で、多くの笑顔に囲まれながら「やったー！　うひひひ」と、ほほ笑む亮さんの姿が、少しだけ滲《にじ》む。「私がなんとかしなくちゃ」「私が亮さんを守らなきゃ」

は、そろそろ引退、かな。

眩しく澄んだ秋晴れの空。大きく羽ばたく渡り鳥はとても誇らしげだった。

23／誰に謝ってんの？

高校2年生の一学期が終わるころ、高校で三者懇談があった。

・来年3年生の授業の選択

・高校卒業後の進路

について話すことが目的である。梅雨が明け、強くなってきた日差しを遮りながら教室へと向かった。

卒業後の進路について、亮さんと何度も話してきたのだが、今のところ、
・作業所に就職はしない
・社会とつながっておける、社会の一員として何かを行う「何か」
そんな漠然としたビジョンしかなかった。その中で、京大の障害枠のAO入試的なものがあると知り、そこへ向けてチャレンジしていこう、となんとなく定まってきていた。

だが、ケースワーカーのK先生、担任の先生と机を囲んだ場にて、彼は号泣することとなる。きっかけは大学の話におよんだときに、K先生が言い放ったこの話だった。

「まず学力的な問題が一つ。それに畠山くん。友達に挨拶されたり話しかけられたりしても無視するよね。そんなことで大学の入試通ると思ってんの？　自分の気持ちを伝えないといけないのに今のままじゃ難しいんじゃないかな」

最近めっきり言葉数が減り、リハビリの先生からもコミュニケーションについての指摘を受けていた。

「自分から話そうとしない。気分が乗らないと話を聞かない。返事をしない。話しかけても無視する」

なるほど。思春期というヤツですな。そんな反抗も成長かと母としては考えていた。しかし、だ。

「放課後迎えに来てくださったデイの車へは、友達に教室から連れて行ってもらいたい」

と自分からそう言ったので、学校にも、そして、迎えに来てくださっているデイのスタッフさんにも教室までは迎えに行かず、車で待っていただくように伝えていた。にもかかわらず、それすら自分から友達に声をかけていない。かけられた挨拶も無視。話しかけられても無視。改めて彼の現状を知り、ムカムカムカムカ……

ぱっかーん！

「あんた、どういうつもりやねん。あんたはこの学校に何しに来てんねん。勉強とちゃうな。じゃあ何しに来てるねん。友達作りに来てんのちゃうんか。なんやそれ。話しても伝わらん？　誰もわかってくれへん？　ふざけんな。あんたは自分一人でそうやって拗《す》ねて勝手に障害者ぶってるんやろ！　幸せはな、自分でつかむんや！　待ってるだけじゃ何も変わらへんねや！　一人で壁作って、一人でいじけて、一人で俺なんかって拗《す》ねて。一生やっとけ。
あんた、支援学校なんでやめたんや。友達欲しいからってやめたんやろ。今のまんまやったら、家でテレビ観てんのと変わらんやろ。毎朝お弁当作って、高速乗って、じいじやばあばに手伝ってもらって学校来てるのにな。もう学校なんかやめてまえ！　勝手に一人ぼっちやゆーて、一人になっとけばえぇわ！」

「ごめんなさーぃ！」

恐ろしく野太い泣き声が放課後の教室に響き渡る。

「それ、誰に謝ってんの？　謝る相手間違ってない？　謝るのはな、自分に謝れ。自分のことを信じてあげられへんかった自分に謝ったれ！」

「はぃー！　……ぐしゅん」

微妙な親子劇場に、先生方も困惑の表情を浮かべる不思議な放課後の風景。

「ママ。そろそろええんちゃうか？」

同席していた小学1年のつかさが、ポンと小さな手を私の肩へ置く。

10月には修学旅行がある。亮さんへの課題は、毎日自分から誰かに何かを話しかけに行くこと。それができなかったら学校をやめる。

壁はあるだろう。だけどその壁は自分で積み上げたものだ。自分で積み上げたのであれば、きっと自分で壊せるはず。

車に乗り込みエンジンをかけると、亮さんのお気に入りの曲が流れていた。亮さんにエールを送るつもりで、私は少しボリュームを上げた。

24／それで君は何ができるの？

高校生の一大イベント。ついに修学旅行がやってきた。亮さんも2泊3日の沖縄修学旅行へ旅立った。が、出発前に一緒に撮った写真にはむくれっつらの亮さんと、とびきりの笑顔の私。この親子の表情のギャップたるもの、半端ない。

亮さんは行きたくなかったのだ。修学旅行まであと4日と迫ってきたころから、亮さんのテンションは一気に急降下し始めた。車椅子から落ちそうなほど突っ張る。表情も突っ張る。「初めて」が苦手な彼。頭の中は修学旅行へのワクワクどころか不安に侵食されていたのだった。


「あんた、またビビってんの？」

「……」

「よし。君の不安を聞いたろ。ダラララララ……ダン！　第1位は？」

「……先生」

「先生？　なんでや？　誰か嫌いなん？」

「ちゃう」

「ほんならなんや？　あ、わかった！　うまくやってもらわれへんかも、とか？」

「……はい」

「あ。それはな。それは無理やで。やってもらおうとか思ってるうちは無理やで」

「……？」

「あのさ。高校の先生は支援学校の先生じゃないから。勉強教えるのが専門やから、ちゃんと抱いてほしいとか、ちゃんとやってほしいとか、そんなん思っても無理やで」

「……」

「やってほしい。わかってほしい。そう思ってるうちはしんどいねん。あのな。一個聞くけど、あんたはどうするねん？　相手に『やって、やって』って。あんたは何するねん？　もしかしてあんたは何もせんつもりか？　あんたは待ってるだけか？

あの人が悪いとか、あの人がわかってないとか、そうやって人のせいにするときってな、だいたい自分がなんもやってないときや。人に任せきりやからな。その人のせいにしてしまうねん。

あんたは？　あんたは何ができるの？　ちょっとでも抱きやすいように足を曲げるとか、力入らんようにリラックスする努力をするとか。自分でできることは何かをそのとき考えて、やってごらん。そしたらな、誰かのせいにせんですむわ。待ってばっかりおらんと、自分でやることやっておいで。待ってるときが一番しんどいんやで」

「……」

「友達もそう。誰とでもそう。何もできないわけじゃない。亮さんにだからできることがある。すべては亮さんの心一つやで。キャンプも行けたやん！　大丈夫。笑って帰っておいで」

憂鬱そうな顔で、ため息を一つつく亮さんの頭をクシャクシャッと片手で撫《な》でた。

修学旅行当日、早朝のターミナルにはすでに先生や数人の学生の姿があった。亮さんのにきび面ほっぺを片手でむにっと掴む。

「さあ、行ってらっしゃい！　ただで帰ってきーなや」

返事を待たず、車椅子の押し手をそっとクラスメイトに託した。

そして2日後の夜、一際明るく照らされた大きな真っ白い空港の玄関口から、亮さんは帰ってきた。車椅子越しにクラスメイトと話す彼、亮さんが見えた。その表情で、この3日間亮さんがどう過ごしてきたのかがわかった気がした。

私は思わずスキップして駆け出しそうな足をおさえて、ゆっくり亮さんに向かって歩き出す。

「お帰り」

私と目が合った亮さんは

「た、だ、い、ま」

そう一言ずつ絞り出した後、ニカッと笑った。亮さんが後ろにかけた大きなカバンの横には、入りきらなかったのか、お土産が入ったビニール袋がいくつもかかっていた。

集合場所と同じターミナル。違うのは、朝が夜になっていたことと、カバンの大きさ。そして亮さんの笑顔。帰ったら2日前の朝の写真を見て、それから何から話そうか。

そうだな。まずはミルクたっぷりのコーヒーを二つ入れて、チョコレートは一つ。そして今度は亮さんの返事を飽きるほど待ってみよう。

25／一人旅したいねん

自分のことを好きになってほしい。そのために亮さんとした約束。

「やりたいことを一緒に見つけよう！」の旅は8年目を迎えようとしていた。高校3年生の5月、彼はとうとう本当に「旅」をしたいと言い出した。


「亮さん、あなた高校3年生ですよ。こないだ入学したと思ったのに、もう卒業ですよ。めちゃくちゃ早いなあ」

「早いわ」

「なあ。考えてもみたらさ、乗馬やったときから毎年なんかチャレンジしてきたやん？　今年もなんか考えてんの？」

「んー」

「高校最後やもんな。どかんと大きい挑戦もありやけどなあ。やってみたいこと、まだ見つからんの？」

「ある」

「え⁈　やってみたいこと、見つかったん⁈」

「はい」

「なに⁈」


私は大興奮でバックミラーに映る亮さんと、黄色から赤に変わる目の前の信号にせわしなく目線を配りながら話しかけた。

信号で一旦停車。急いでバックミラーの亮さんを見た。

「くちで、（あるく）」

くち、は声で聞き取れた、「あるく」は、口の動きで読み取った。

「口で歩く？」

一瞬意味がわからず亮さんに聞き返す。

「口で歩く」

なんか聞いたことあるぞ。信号が青に変わり、右折レーンに入りながら記憶をたどる。

「待って、それなんやったっけ」

「小学校」

小学校？　小学校……

「あーーーーー！　本か！」

亮さんが小学校時代、担当の岡室先生から
「この本面白いですよ。亮さんとぜひ一緒に読んでみてください」
そう言って手渡されたのが、丘修三さんの著書『口で歩く』だった。物語はたしかずっと寝たきりのタチバナさんが特製の車輪付きベッドで、道行く人に声をかけ、偶然出会った人の手を伝って散歩に行く、というストーリーだった。この本を読んだときのワクワクは今でも鮮明に覚えている。


「亮さん、タチバナさんマジすごいやん！　こんなんできたら人生めちゃくちゃ楽しいやろうなあー！」

「はい！　楽しそう！」

「いつか亮さんもこんなんできたらいいなあ」

そんなことをキャッキャ言いながら二人で話した。で？

「口で歩く、かっこよかったよなあ。で、それがどないしたん」


「口で、歩く、し（おか、た）」

口で歩く、しおかた？

「お・か・た」と読み取れた口の動きを、頭の中でありえる文章に当てはめてゆく。

口で歩く、しよかな？　口で歩くをするってことか！

「口で歩くをするってこと？」

バックミラーに映る亮さんに話しかける。

「はい。やる」

亮さんは満面の笑みで言ったのだった。


亮さんといろんなことをやってきたが、亮さんのチャレンジを後押ししてきたものの一つに、『無知の力』があると私は思っていた。

皆さんは、『あまり知らない・よくわかっていない』ことによって挑戦できた経験はないだろうか。亮さんも高いところから飛んだことがないからこそパラグライダーに躊躇《ちゅうちょ》なく挑戦できた、と言っていた（終わった後、高いところって怖いんだね。でももう一度飛んでみたい。楽しかったわ。と言っていた）。

知っているからこそできることと、知っているからこそ躊躇してしまうことがある。亮さんの場合は障害による圧倒的な経験不足から基本的に知らないことやできないことがとても多い。
だけど、知らないという『無知の力』があったからこそ、今まで挑戦できてきた多くのことが、亮さんの自信となっているのは間違いない。無知であることも行動するうえで大切なエネルギーになるのだ。

だがしかしである。今回の挑戦の場合、スケールが違う。「口で歩く」、要するに介助者なし、たった一人での車椅子ヒッチハイク。半端な心構えで挑戦して、途中で投げ出してしまうようなことがあったら、本人も、関わってくれる人も、誰も幸せになれない。どんなことがあってもやり抜くという、本人の強い意思がなくては私も応援することができない。

そこで私は、亮さんがどこまで本気なのかを確かめることにした。

「なあなあ、当然やけど私ついていけへんけど、いいの？」

「いいよ」

「もしかしたら、駅前で数時間誰も声かけてくれへんけど、いいの？」

「いいよ」

「じゃあもしかしたら、何日か帰ってこられへんかもしれんけど、いいの？」

「いいよ」

「じゃあもしかしたら、財布ごとお金全部取られるかもしれんけど、いいの？」

「いいよ」

「じゃあもしかしたら、警察に補導されるかもしれんけどいいの？」

「いいよ」

「じゃあもしかしたら、変わった人もいるしさ、裸にされて道に放り投げ出されるかもしれんけど、いいの？」

「まあ……いいよ」

「いいんかい！　わかった。じゃあ最後に聞くけど、あんた、トイレどうすんの？」

さあどうだ！　そんな気持ちで私は投げかけた。なぜならトイレ問題は彼の歴史を語るうえで、最も身近で、最も大きな課題だったからだ。

「出かけるときだけ紙パンツはきなよ。アスリートも紙パンツはいて試合してるっていうよ？」

今まで幾度となく説得してきたのだが
「いや。紙パンツはくぐらいならどこにも行かない」

という始末だった。だが、今回はどうだ。見ず知らずの人にいきなり尿瓶だなんてハードルが高すぎるではないか。さあ亮さん、どうする。

そして亮さんは言った。

「紙パンツ、はこか」

若干の上から目線が気にならないこともなかったのだが、私はこの一言で彼の本気を受け取り、こう伝えた。

「わかった。応援するわ」


その夜。記念すべき一人旅。どこに行きたいのかと尋ねてみた。

「どこでもいいわ」

どうやら目的は一人旅であり、どこに行くのかは重要視していないようだ。

「うむ。まず。人が多いところでないと、人に出会えないよね」

紙に
〝人が多いところ〟

と書いた。

「大阪は出たい？」「出たい」ということで、
〝②大阪以外〟
と書いた。そうして一つひとつ確認してゆくとこうなった。
①人が多い
②大阪以外
③乗り換えが簡単
④日帰りで行ける場所
⑤観光地
そして導き出されたのが京都だった。

次に、話もできない、自分で移動もできない亮さんが一人旅を「どうやったら達成できるのか」を考えることにした。

・話しかけられないのであれば、自由帳に行きたい行程を書いておこう

・車椅子を押した経験がない人も多いだろうから、車椅子の操作方法を見えるところに貼っておこう
・ブレーキは大事だから、手と足のブレーキに赤いシールを貼っておこう
・財布の場所もわかりやすく書いておこう
・夜になっても自由帳の文字を読んでもらえるように、暗くなったら勝手に点灯するライトも横につけておこう

できるかできないかでいえば「できない」のかもしれないけど、やりたいかやりたくないかでいえば「やりたい」んだよね。
できないからやらない、なんて、悔しすぎる。あきらめなくてもいい方法。つまり「どうやったらできるのか」を考えたかった。

二人のアイデアだけでは偏りがあると思い、大学時代、一人でアメリカ横断を経

験した一人旅の達人、トミーこと水口智博さんにも今回の一人旅のイメージを伝え相談した。そして

・一人でも多くの人に今回の挑戦を知ってもらうためにインスタグラムを開設し、リアルタイムで旅を配信↓旅をサポートしてくれる応援者を作ろう！

・海外の人のほうがヒッチハイカーに慣れているかもしれないから、英語訳も書いておこう！

という提案をもらった。応援者がぐっと広がった気がした。こうしてハード面とソフト面どちらも、できるかぎり準備をした。

時期は季節がいい秋にした。これならじっとしている亮さんの大敵、蚊に刺される心配もないし、凍死する心配もない。

「後は当日の天気だけが心配だね」

なんて話していたら、思わぬ事態が起こった。家族の大反対である。

「織恵ちゃん、あんた本気で言ってるん？」

それは母からの一本の電話だった。

「畠山のお母さんから聞いたけど、亮夏くんに一人旅させるって。そんなことさせて」

「亮夏が行きたいってゆうてるねん」

「行きたいって、でもあんた……旅先でなんかあったらどうするの。亮夏くんは一人では何もできないんやで。変な人いっぱいいてるんやで。ケガでもして帰ってきたらどないするの。いま亮夏くんを守ってあげられるのは、織恵ちゃんだけなんやで」

どうやら夫も反対の様子だ。

「ほんまに大丈夫なん？　ほんまに行かせる気でおるん？　やめといたほうがええんちゃうん」

「ほんまに大丈夫かなんて、私にもわからんよ」

とも言えず、ただひたすらに考えた。行かせてもいいんか。何かあったとき、私は本当に後悔しないのかな。亮さんは後悔しないのかな。

もしも、亮さんが大ケガをして帰ってきたら。

もしも、もしも生きて帰ってこなかったとしたら。

私はそれでも「行かせてよかった」と言えるのか。それでも亮さんに「行ってよかったやん」と言えるのか。布団に入るたび考えた。

「なんかあったらどうするの」

私は子どものころ、そうしていろんなことをやる前からあきらめてきた。

「何かあってからでは遅いんやで」

あるのかないのかもわからないものを恐れて、私はいつも「何もしない」という選択をしてきた。何もしない、何も変わらない代わりに、私は何か大切なものを手放してきたような、ずっとそんな気がしていた。

私は決めた。

私は、亮夏の心を守りたい。

何かあるかないかなんて私にはわからない。それでも、やっと生まれた「やってみたいねん」という亮さんの気持ちを守るんや。

そして夫や、母、義母や義父に伝えた。

「心配してくれてありがとう。おかげでいっぱい考えることができました。それでも私は亮さんの気持ちを応援したいです。だから、見守ってください」

みんなが心配しなくても済むように、旅を見守ってくれる人を同行することを約束した。ただし、条件がある。

「遠くから見守るだけ、命に危機が迫ったとき以外、一切手出しも口出しも無用」

こうして亮さんの車椅子ヒッチハイクの決行が決まったのだった。


当日の朝。

「いやー、楽しみやわ」

と、パクパク朝ご飯を食べる亮さんを横目に、心の中で私は緊張してきた。

「亮さん、あんた緊張してないの？」

つい聞いてしまった私に
「してない」と、彼。

わかっているのか、わかってないのか。心の中でため息をつきながらも
「いやー、天気もいいし、最高の旅日和やで！　明日も晴れるみたいやし、今日帰ってこれなくても心配なしや！」

ドン、と亮さんの胸をたたく。

私は亮さんを送り出すにあたり、決めていたことがある。

不安な顔をしないこと。

そりゃ心の中では、心配もあるし、不安もある。でもそれを言葉や顔に出してしまうと亮さんまで不安になるかもしれない。

「何があっても、あんたやったら絶対に大丈夫！」

根拠なんて何一つないけれど、亮さんならきっと大丈夫。亮さんを信じる。そして亮さんを信じる自分を信じる。これが私にできるたった一つの彼へのエールだった。

詳細は長くなるので省略するが、無事に亮さんは生きたまま、なんとその日の夕方に、かわいい女の子を二人！も引き連れて帰ってきた。

「お帰りー！」

「にいに、お帰りー！」

つかさ、そして祖父とともに改札外で彼を出迎えた。私は思わず改札を抜けた亮さんの肩をバシバシとたたいた。亮さんは、帰ってきた。ちゃんと帰ってきた。そこにいた誰もが笑っていて、泣いていて、最後はやっぱり笑って、みんな大きく手を振りながら、それぞれの場所に帰っていった。

26／彼と私の合言葉

翌日の日曜日の朝。

「おはよう」

亮さんは、昨日までと変わらない寝起き顔でいつものように定位置に座っている。いつも通り顔をふき、朝食の食パン5枚切りを2枚、軽くトーストしたっぷりバターをつけたものをぺろりと平らげ、ごくごくと冷たいヨーグルトドリンクを一気に飲んだ。歯磨きをして、トイレを済ませ、服を着替える。学校のときはこの後髪をセットするのだが、今日はやらない。

「亮さん、昨日の旅さー、振り返ってみてどうやった?」

彼はスポーツニュース（猛烈な阪神タイガースファンである）を見ていたが、視線を私に向けて、

「良かった！」

と、笑顔で答えた。

「何が良かったん？」

「楽し　かった」

「何が楽しかったん？」

「口で　歩く　できた」

「ほんまやな。小学校のときに思い描いた夢の一つ、かなえられたな」

「はい」

小学4年生のとき、「こんなことできたら人生変わるなー！」そう二人で話していたことが、8年越しに実現できた。まさか実現させるだなんて、あのときは夢にも思っていなかったのに。人生とはわからないものだ。ただ一つ言えるとすれば、あこがれをあこがれで終わらせるのではなく、あこがれを目標に、そして行動に移したとき、人生は動き出すのかもしれない。ということだ。

「亮さん、この旅で得たものは何でしょう？」

亮さんはしばらく考えた後、こう言った。

「勇気」

「勇気……それはどんな勇気？」

全身に力を込めて一言こう言い放った。

「できる！」

「できるかできないかを考えないで。やりたいかやりたくないかだけを考えて」

やりたいことが見つからない、そう話す当時10歳の亮さんに私が伝えた言葉だ。

「できないことなんてどうでもいい。『何がしたいか』が大事やろ」

これが私と亮さんの合言葉だった。

「どうしたらできるか考えろ、どうしたらできるか考えろ」

自分の可能性をあきらめないでほしい。亮さんに向けた言葉は、本当はいつも私自身に向けた言葉だったような気がする。

「一人で京都行きたいねん！」

からはじまった冒険は、一人だけで終わらなかった。

こんなんしたら迷惑かな、はついつい先に頭に浮かぶ。だけど、迷惑かどうかは、相手に決めてもらってもいいんじゃないか、とも思う。

迷惑をかけるからやめるよりも、やると決めてから、じゃあどうしたら『迷惑』だとかを回避できるのか。そんな順番で考えるのも悪くはない。

スマホの中、みんなと一緒に写真に写る亮さんは、自分をちゃんと生きてゆこうとしているように見えた。そして私は思った。

「亮さん、これも自立だよ」

『自立』って、『誰にも頼らず、一人で生きていけること』を示していると、ずっと思っていた。でも、旅の一部始終を見ていて気がついた。彼が自分の夢を描き、そして一歩踏み出したこと。それ自体がもう自立なんじゃないかって。

身体の自立、経済の自立、心の自立。「自立」と一言で言ってもいろいろある。今回亮さんに感じたものはきっと心の自立に当てはまるのかもしれない。どんなに身体的・経済的に自立できていても、心（精神）の自立が叶わなければ、いつまでも自分で判断ができないかもしれないし、行動することも、人との対等な関係で関わることもきっとむつかしくなる。自分自身を信頼できないことは何よりも本人がつらいはずだ。

自身も脳性麻痺である、東京大学熊谷先生の言葉を思い出した。

「自立は、依存先を増やすこと」

この言葉に初めて触れたのは、亮さんが小学生のころだった。初めて耳にしたときは

「え？　どういう意味？」

と理解ができなかったことを覚えている。

だが今ならわかる。例えば障害ある子どもたちにとって、依存先が親しかいない状態だと、親が亡き後どうやって生きていくんだと不安になる。

だからこそ、「親しかだめだ」という環境をどれだけ早い段階で手放し、親が生きてようが死んでようが「誰でも困ったときは力になってくれる環境、もしくは状態を作っておくことができるか」が大切なのだ。だがこれはきっと、障害の有無にかかわらず、すべての人に当てはまると思う。

その点から言えば、今回の一人旅もまさに、旅先で出会えたたくさんの皆さんに助けられながら達成できた。「自立」とは、決して一人で何かができるようになる

ことではなく、きっと多くの人とともに実現できることなのだ。

「子どもを守る」って何かが起きないように体を守ることでも「そっちじゃなくてこっちがいいよ」と道を用意しておくことでもない。

「子どもを守る」ってことは、子どもの気持ちを守ることだと私は思う。勇気を出したり、チャレンジしたり、一歩前に踏み出そうとするその心を。

踏み出した結果、折れそうになったり、自分を褒めたいと思っているその心を。

そんな子どもの心を守る。それが私流の「守る」だ。

親なんて結局、「信じて待つ」ことしかできないのかもしれない。

それにしても、信じるって疲れるわぁ。

27／「違う」を価値に変えてみてん

高校生活最後の夏休みまであと数日というある日、私たちに試練が待っていた。無機質に響くクーラーの音と、窓の隙間から捻《ねじ》り込んでくるセミの声が部屋の空気を揺らしていた。

亮さんはある人から大きな大きな問いを投げかけられた。

「亮夏。お前、話もでけへんのに、いったい何ができるってゆーんや」

亮さんの言葉は聞き取りにくい。障害の特性として、話そうと思えば思うほど全身に力が入る。汗が出て、つらそうに見える。誰かに話しかけられても、返事に力が入る。その結果、仮に会話の機会が持てたとしても、しばらく経って目の前の人は決まってこう言う。
「ごめん、無理して話さなくていいよ」
そして去っていくのだ。

話したいのに、話せない。伝えたいのに、伝わらない。他の人のようには、伝わらない。他の人とは違う。友達が欲しいのに、もっと話したいのに、馬鹿なことを言って笑いたいのに、放課後みんなでカラオケに行きたいのに、友達と夜遅くまで遊んで、帰って怒られたいのに。

入学前に作成した「友達とやりたいことリスト」は一つも実現することなく、3年生の夏の時点でも真新しいままだった。

そんな中でも亮さんは「何でも決めつけないで、まずはやってみる」ことだけはやり続けていた。乗馬、単身キャンプ、パラグライダー、京都まで車椅子ヒッチハイクの一人旅――。

一見「それ、彼にはできないんじゃない？」を完全無視して、「やってみたいこと」をとことんやってきた。だからこの日も、

「僕にしかできないことを仕事にしたい」

という言葉が自然と出てきたのだ。

しかし、先生からの言葉には何も返せなかった。

「まぁ、おっしゃることはわかるんですけどね。でも亮夏。お前、話もでけへんのに、いったい何ができるってゆーんや」

帰りの車内、ラジオの音だけがいつものように流れていた。私の頭の中では、「話もでけへんのに」と言った先生の声が頭の中をゆっくりと回り続けていた。

「何か」がそこにある気がした。

ふと見上げたバックミラー越しに亮さんと目が合った。

「なぁ、話されへんってあかんことなんかな」

「え」という目で私を見返した亮さん。

「うんんっ！」

私は喉に引っかかったものを咳払いで追い出し、すうっと息を吸って吐いた。

「話されへんってさ、そんなにあかんことなんかな。マイナスなだけなんかな。それを良いことに、プラスには、どないしても変えられへんのかな」

亮さんに言うでも自分に言うでもなく、私は頭に浮かんだままのことを声に出していた。

………

……

あ！

私は急いで目の前で青になった信号を避け、左へと車を寄せ、止めながらハザードランプをつけた。カチカチ、カチカチ、カチカチ。遠慮がちにランプの点滅音が響く車内。考えろ、考えろ。話せないからできること、話せないからできること、話せないからできること……。

私は障害児支援の仕事をしているので、現場スタッフの本音を耳にすることが多くあった。そこで印象に残っていたのが、不安の声だ。医療・介護系の学校で学んでいても、障害当事者と直接関わる授業は一様に少ない。だから現場に出たときに、本当はどう介助するのが正解なのかわからないという。

言葉が話せる相手ならまだいい。「痛くないですか」「どうしてほしいですか」と本人に直接聞けばいいのだから。

でも、話せない相手にはそうはいかない。聞いても答えは返ってこないから、自分で考えないといけない。本当はどう思っているんだろう、独りよがりではないのか、不快ではないのか……。

「いつも手探り。不安やねんな」

と言っていたスタッフの不安げな様子を思い出した。それを亮さんならなんとかできるかもしれない……とひらめいたのが、障害児支援者向けの「体験型研修」だった。

「亮さん！　これはどうや！」

何度も手のひらの中でカラカラと、右へ左へ上へ下へと回転させていたルービックキューブの6面目。最後が揃う、パチンとした感触と音が聞こえた気がした。

後部座席の車椅子に座った亮さんへと体を丸ごと向け、たった今思いついたことをまるで楽しい遊びを見つけた子どものように、私は息をすることも忘れて話したのだった。

「一回、やってみたい」

それが亮さんの答えだった。私たちが調べた限りでは、当時そんな仕事は見当たらなかった。一から手探りだ。お手本はどこにもない。それに、やってみたら「こんな仕事は嫌だ」と感じるかもしれない。「障害ある自分であること」を仕事にしようとしているのだ。

私の一抹《いちまつ》の不安をよそに、亮さんは言葉をつなぎながら明るく言った。

「やって、嫌なら　やめ　る。楽しかったら　続け　る」

せやな、そうしよう。まずはやってから決めても遅くない。

そして高校3年生の冬、賛同してくださった児童支援施設関係者の皆さんと障害児支援者を集めた研修「座るってどうゆうこと？」をセラピストと合同で開催。約3時間、総勢10名の参加者が彼に質問し、体に触れた。

研修を終えた亮さんは、参加した方からこんな言葉をもらっていた。

「本当に素晴らしい研修でした。亮夏さん、あなたはまるで生きた教科書のようです。大切なことを教えてくれてありがとう」

初めてもらったお給料5000円を手に、まるで5000万円を手にしたような笑顔で亮さんは私を見ていた。

こうして亮さんは、自らを「生きる教科書」とし、各方面に生きた学びや気づきを届ける活動、イキプロ（生きる教科書プロジェクト）をスタートさせることになった。

さらに「人の役に立てる喜び」で終わらせず、「ビジネス」として経済的に成り立たせ、持続可能な仕組みを作ることで、実質的な「障害は可能性の一つ」として社会にメッセージを届けていこうぜ！

そう約束を交わしたのであった。

第4章
違い

28／動けないけど社長、話せないけど大学講師

高校卒業後、亮さん19歳誕生日の翌日に、亮さんと私は法人を設立した。法人設立を決めた理由は、活動の社会的信用度を上げるためだったのだが、結果的に亮さんは晴れて社長に就任したのだ。

法人名は夜な夜な考えた結果、一般社団法人ＨＩ　ＦＩＶＥ（ハイファイブ）に決定した。「人と人が笑顔と達成感でつながる様子」ハイタッチをイメージしたのだ。「ハイタッチ」は和製英語だということを皆さんはご存じだっただろうか。私はもちろん知らなかった。正しくは「ハイタッチ」ではなく「ハイファイブ」。そうしたのはいつか日本を飛び越え、世界でも活動を広げてゆくぜという壮大なイメージである。

本当の綴りは「ＨＩＧＨ　ＦＩＶＥ」が正しい。だが法人名では親しみを込めて

「Hi!」をかけた。「ファイブ」は本来指の数を示している。これは後付けだが、数字の「5」は「多様性・発展・情熱」といった要素もあるらしい。ポジティブで自由な選択肢を提案したい私たちにはまさにぴったりだったわけなのである。

現在亮さんは、介護大学や医療系専門学校の外部講師の仕事をしている。近ごろは一般企業による研修の依頼も入るようになり仕事の幅を少しずつ広げている。大学や専門学校の授業では「うまく話せない人からどうやって想いを引き出すのか」など、亮さんが操れるほんのわずかな言葉と、亮さんの視線や口の動きによる「言葉以外の言葉」を介して学生と直接コミュニケーションをとりながら授業を展開している。

「伝えたい」と「知りたい」の真剣勝負。当たり前だが、最初は全然うまくいかない。向き合ったまま固まってしまい、沈黙が続くこともある。でも三度目の授業ともなると、学生たちが彼の言葉を自然に読み取れるようになっている。そして亮さん自身もまた仕事を通して受け身だった会話から、自ら話しかけるように変化してきた。亮さんは働くことで生まれて初めて自分の言葉を使い、人とつながる喜びを知ったのだ。

さらにその後、ある人との関係性を前進させる大きな一歩を亮さん自ら踏み出すこととなる。

29／拝啓、お父さん

「亮夏先生は、ご家族とうまくいってるんですか？」

ことの始まりは、ある学生さんから投げられた質問からだった。亮さんは一瞬固まり、言葉を飲み込んだ。それから得意の笑顔で「いってる」と笑って答えた。聞き流せばよかったのかもしれない。でも私は反射的に「本当に？」と聞き返していた。

亮さんの顔から笑顔が消えた。私の目をじっと見た後、亮さんは言葉を絞り出しこう言った。

「いって……ない」

教室の空気が揺れる。

「え、誰とうまくいってないんですか？」

学生さんが亮さんの顔を覗き込む。

「父さん」

と亮さんは小さく答えた。得意の笑顔は消えていた。

この日、亮さんは仕事の一つ「大学（外部）講師」として、介護福祉士を目指す学生さんとともに介護支援の授業に入っていた。

「父さんとうまくいってない」

質問をした学生さんは、亮さんがこう答えることを想像していただろうか。障害を持つ息子を中心に、家族みんなで力を合わせて……という美しい姿をイメージしていたのか、それとも逆にそんなことはないと思っていたのか。どちらにしても、これはきっと大事な問いなのだろうと思った。

そこで今回学生と、先生と、ちょっとだけ私と。さまざまな角度から亮さんへ質問を投げかけては、この質問への亮さんの考えを導き出すことになった。

学　生：「お父さんに何か言いたいことがあるのか、してほしいことがあるのか、それ以外か」

亮さん：「言いたいことがある」

学　生：「言いたいこととは、仕事のことか、プライベートなことか、体のことか、それ以外か」
亮さん：「からだのこと。足がバタバタ」
学　生：「足がバタバタ動くことをお父さんは知らないの？」
亮さん：「しってる。じぶんの、ことばで。じぶんの、ことばで」
学　生：「自分の言葉で、足がバタバタすることを言いたいんですね？」
亮さん：「はい」

「足をバタバタさせるな！　じっとしろ」
夫の言葉が脳裏に浮かび、ふいに喉の奥がググッと詰まった気がした。亮さんと食事をするとき、入浴するとき、一緒にいるとき。何度も聞いた言葉だ。夫は亮さんの足が意思と関係なく勝手に動くことは頭では理解している。でも心ではどうしても受け止めきれない「何か」があるようなのだ。

「しょうがないやん、体が勝手に動くんやから」
「そんなことで怒らんたってや。わざとじゃないんやから」
私や祖父母、その後生まれた下の娘までもが亮さんの体のことを「わかってよ」と、夫に伝えてきた。でもいつの日か、誰もそのことには触れなくなっていた。

愛していないわけじゃない。亮さんの仕事や生き方を認めている、尊重している、そして尊敬している。それが夫なりの愛し方なのだ。たとえ家族の理想や社会が望む形でなかったとしても。

でも亮さんが生まれてから20年経ったにもかかわらず、どうも夫は愛し方を掴みきれていない感じなのだ。そんな夫の不器用さは亮さんが幼かったころも、20歳になった今も、変わらず私たち家族の真ん中で箱に入ったまま、ずっとそこにある。

だから亮さんもきっと、自分の中で父親との関係性については咀嚼《そしゃく》しているか、もしかしたらあきらめているか、なのかと思っていた。でも、それは大きな間違いだったとようやく気がついた。

学　生：「自分の言葉でお父さんに伝えたいんですね。ではそれを伝えてお父さんにどうしてほしいのですか」

亮さんはこう言った。

「変わってほしい」

と。

彼は咀嚼してなかった。あきらめてもいなかった。

「お父さん、僕、足バタバタするねん。わかってほしいねん。だからそんなんもう、怖い顔で言わんといてや」

誰かに言ってもらうんじゃなくて、自分の言葉で伝えたい。ずっとずっとあきらめることなく、腐ることなく、曲がることなく、消えることなく亮さんの中に在り続けた想い。そんな亮さんの想いを私は初めて知った。


1月13日、亮さんの成人式。お店を何軒もハシゴして彼が選び抜いたスーツと、こだわりの蝶ネクタイに身を包み、亮さんは古い友人と出かけていった。

「かっこええなー！　ホストみたいやな！」

「よう似合うやんか！　ホストみたいやな！」

祖父母も友人も「褒め言葉」＋「ホストみたいやな」とまるで「ごはん」と言ったら「みそ汁」とでも言うように同じフレーズを付け足す。スーツマジック、興味深い。


帰宅した亮さんとお世話になった方々とともに『滅多ななんかのとき』限定のお

店へ行った。素敵なお肉が私の胃袋に、そして思わず二度見したレシートが私の懐に収まった。

帰り道、お酒を飲んだ夫に代わり私が運転席へ。一緒に亮さんの成人を祝ってくれた皆さんを順に送り届け、やがて車内は家族だけになった。さっきまでの賑やかさはなくなり、FM802が流れていたことに気がついた。助手席でスマホをいじる夫。今日は眠ってない。珍しいな。と思う。

高速道路を走る車窓からは澄んだ街がきれいに見えた。

マンションに着き、車から降りる。日中の暖かさが嘘みたいに冷たい風が吹きつけてくる。夫が足早に亮さんの車椅子を押していく。エレベーターホールについたが、上層階へと昇っていってしまったエレベーターはなかなか降りてきそうもない。あっという間に体の芯まで冷え切り身震いした私の背後から熱のこもった言葉が聞こえた。

「いま　いう」

私は耳を疑った。「今⁉　めっちゃ寒い、ここで⁉　今⁉」

思わず出かかった言葉を飲み込み、車椅子に手をかけたままの夫に声をかける。

「亮さんから、話があるらしいよ」

亮さんと夫が向き合い、私は少し離れて二人を見つめた。

「あしが、バタバタ。足が、バタバタ！」

少し離れた場所で見守る私の耳にも亮さんの言葉が届く。

「足がバタバタ？　そんなん知ってるよ」

「自分の、ことばで、じぶんのことばで○△□※」

固まっている二人に、容赦なく冷たい風が吹きつける。助け舟を出すか。黙ってこのまま見守るか。

エレベーターが到着し、もったいぶるように扉が開いた。明るい光とともに少し暖かな空気が私たちを手招きしていたが、誰も乗り込むことなく、黙って扉を閉じた。

亮さんは懸命に口を開けて何かを伝えている。しかし相手は夫だ。亮さんがまだ幼かったころ「タバコ吸うなら換気扇の下で吸ってきてよ」と言ったら、換気扇の下ににっこりと移動したけれど、スイッチを入れることなくタバコの煙を揺らしていた、夫だ。難関なのだ。

「フォロー入ろうか?」

意を決して亮さんに伝えた。黙ったままの亮さんに「少しだけ入るね」と声をかけ、夫に向き合った。

「足がバタバタするってことを、自分で伝えたかったたんやって。伝えて、どうしてほしいんやった？」


「わかってほしい。変わってほしい」

渾身の一言がエレベーターホールに響いた。

「……わかった」

夫はそれだけ言うと、エレベーターのボタンをそっと押した。

亮さんの想いは届いたのだろうか。私にはわからなかった。


数日後。何でもないときに、何でもないように夫に聞いてみた。

「こないだの亮さんの話、どう思った？」

夫は、うーん……と携帯画面から顔を上げて「俺って、そんなに怒ってる？」と聞いてきた。「俺のほっぺた、米ついてる？」と同じようなトーンで。

「うん、怒ってたよ」

「そうなんや」

しばらく黙った後でこう続けた。

「あいつ。偉いな。あきらめんと、自分で言うって。あいつはほんま、すごいやつや」

20歳。幼いころから小さくとも消えずにあった亮さんの想いは、ひょんなきっかけから形になった。きっと伝わる。自分の言葉で伝えたら、きっと。あきらめなかった亮さんを見て、また家族の形も変わろうとしていた。

30／すべてがわからないままでいい

「亮夏さんとの会話はどのようにされているのですか？」

よくこういう質問をいただく。

簡単に説明すると、まず私が質問を投げ、亮さんが答える。またそこから生まれた疑問を私が質問にして投げて亮さんが答える。こうして答えまでたどってゆくのだ。

ある密着取材を受けていたとき、私と亮さんとの行ったり来たりのコミュニケーションをレンズ越しに見ていたカメラマンさんが、

「ちょっと良いですか」と言った。

「僕たちは亮夏さんと出会ってまだ間もないので亮夏さんの言葉や、伝えたい気持ちが正直それほどわかるわけではありません。でも織恵さんはおそらく誰よりも亮夏さんのことをわかっていらっしゃると思います。そんな織恵さんでも亮夏さんの気持ちや言葉がわからないときはありますか？」

わかるわけがない、と思った。

全部わかるなんてあり得ない。自分の子どものことだからなんでもわかるなんて、そう思うことだけは絶対に避けたいし、してはいけない、とも思う。

「だから聞くんです。何回も何回も考えがわかるまで聞くんです」

そう答えた。

彼がまだ幼かったころ、彼の言葉がわからなかったけど、何度も言わせるのはかわいそうだと決めつけて適当にわかったふりをしたことがあった。そしたら、

「わかったふりをされることが一番嫌なんだ」

って彼から言われてしまった。

だからやめた。表面だけでわかったふりは絶対にしないって決めた。わかり合いたくて何回も二人で喧嘩した。わかりたいのにわからない。伝えたいのに伝わらない。たった一つのくだらない質問なのに、冗談から始まったたわいもない会話のつもり

だったのに、どれだけ言葉を変えても、どれだけカードや文字盤を使っても、答えが見つからない。気がつけば笑顔もなくなり、真冬なのに二人とも汗だくになってた。怒って、怒鳴って、それでもわかり合いたくて向き合った夜は何度もあったし、今もほんのときどき、油断したらある。

理由は一つ。

「わかり合いたいから」

私は親だけど、彼ではない。だから彼のすべてなんてわかるはずがない。話したい。わかり合いたい。私は彼の心の奥にある本心や考えを知りたい。彼は自分の心の奥にある本心や考えを伝えたい。お互いの本気がぶつかり合う。それが彼との会話だ。

私がもしも彼のことを全部わかっている、と思ってしまったら、そこでおしまい。言葉がうまく話せるとか、話せないとかじゃない。「相手のことを全部自分は知っている」そう思ってしまった時点で、相手が誰であろうときっとコミュニケーションに手を抜いてしまう。自分勝手な思い込みや決めつけが入ってしまう。

だから「私はいつまでも彼のすべてはわからない」と思っているままがいい、そう思っている。

それは彼だけじゃない。たとえどんなに近しい人でも、たとえどんなにスラスラと会話し合える人でも、すべてはわからない。だからコミュニケーションするんだ。

でもまぁ、わかり合うまでにはすごく疲れるけどな。だからこそ、くだらないことも時間がかかった分、わかり合えたときの達成感は半端ない。

「わかり合えるまでに時間かかったほうが、わかり合えたとき嬉しいやん」

「まあそうですけど」

のんびり笑う亮さんと苦笑いする母であった。

しかし、人生最大のピンチを亮さんはこの後迎えることとなる。

31／ピンチはチャンス

高校を卒業して3年。順調に講師としての経歴を親子二人三脚で積み重ねてきた、そんなある日のことだった。その日私は亮さんが外部講師として従事していた大学で、私自身の講義のため大学に一人で来ていた。

「畠山さん、ちょっと」

介護学科主任の先生に呼び止められた。先生に勧められた椅子に腰を下ろす。

「亮夏さんの授業のことですが、今後お母さんのサポートなく、亮夏さんお一人で登壇していただきたい。つまり、『話せないけど大学講師』を続けたければ、亮夏さんが自分の言葉で話していただきたいということです」

それが何を意味することなのか、わからないほどばかではなかった。亮さん一人で自分の思いを学生に伝えきるなんて、そんなこと……。

「そういうこと……なんですね」

先生と向き合った真新しい真っ白なテーブルに一つ付いた傷を、私は文字通り言葉を失い、ただ眺めるしかなかった。

事実上のクビ宣告を、帰宅を待つ亮さんになんと伝えたらいいのだろう。ハンドルを握る手が少し震えている。

亮さんの言葉は、22年ともに生きてきた私でさえも

「え？　ちょっと何言ってるのかわからない」

ときも多々ある。

とにかく話そうとすればするほど全身に力が入る、厄介な麻痺なのだ。小学校のころから、当時世に出回っていた意思を伝えるための機器（意思伝達装置）を岡室先生筆頭にさまざま試してはきたのだが、どれも麻痺が強すぎてうまく使えなかった。

結局「口で話したほうが早い」とここまで来た。

しかしファーストコンタクトの学生に今の亮さんの発語の状態を考えると、亮さん一人で講義はおそらく、いや、ほぼ不可能だ。

しかし、先生のおっしゃることももっともなのだ。母親である私がコミュニケーションのサポートに入ってしまうと、私は亮さんの口の動きや言葉を読み取るのに慣れているのだが、亮さんに慣れない人からすれば

「え？　ほんとに亮夏先生が言ったの？　お母さんが言わせてるんじゃないの？」

そんな誤解が生まれても致し方ない。

しかしそんなことは、私はもちろん、誰よりも亮さんが望んでいない。つまり、その誤解を解消するたった一つの方法こそが「自分の言葉で話す」ことなのである。

とはいえ、

「いつか一人立ちしてくれたらいいな」

と思ってはいたものの、まさかの急転直下。

まだ先の話と現状に甘んじていたことに私は初めて気がついた。


帰宅しても私はまだ、感情を整理できずにいた。だが、これは私の問題ではない。亮さんの問題なのだ。私はできるだけ感情を入れず、事実のみを伝えることにした。一部始終をだまって最後まで聞いていた亮さんは、顔をクシャッとゆがませて、

「悔しい」

と、一言声に出した後、つつつ……と一粒の涙が彼の目からこぼれ落ちた。

思わず感情がだだ漏れになりそうなのを、私は上を向いて、必死にこらえた。

「亮さんは、どうしたい？」

目を真っ赤にした亮さんを少し前かがみで見つめ返す。

「亮さんがどれだけ大学講師の仕事を大事にしてきたのか、知ってる。今まで、話せないからこそ伝えられることがある。そう信じて頑張ってきたことも知ってる。大学講師の仕事を続けたければ話さなければならない。今まで大切にしてきたことと、逆のことを求められているともいえる」

「悔しい。もう……やめたい」

亮さんが絞り出すようにつぶやいた。

「やめてどないするんや」

「ほかの学校で授業する」

「大学講師の仕事はやめたくないってことか？」

「はい」

涙と鼻水でぐちゃぐちゃの顔をした亮さんを見ながら、方向は決まったと思った。

「だったら、逃げんな」

私はこらえた涙の代わりに、言葉に力を込めた。

「この壁は、学校が変わっても、いずれ必ずぶつかる壁や。ここで逃げてもまたぶつかる壁やで。あんたはその都度こうやって逃げ出すんか？」

「いやや！」

怒りにも似た亮さんの声が部屋中に響いた。

知ってる。知ってるよ、亮さん。抱きしめる代わりに、涙を流す代わりに、笑顔を作り、言葉を紡ぐ。

「亮さんあのさ、今までの私とペアの形って亮さんにとってベストやったんか？」

「違う」

「よね。私もそう思う。だとしたらよ。これってチャンスなんじゃない？『いつか一人で登壇できたらいいな』にチャレンジできるチャンスなんかもしれんで！」

にやりと笑って見せた。亮さんはしばらく考え、

「…やってみる」

と涙と鼻水でぐちゃぐちゃになった顔のまま、笑って答えた。

「OK、わかった。じゃあ作戦会議といこか」

こうして、亮さんの新たなチャレンジが始まった。

32／手術という決断

一人で登壇することを目指す、そう決意してから「どうしたら話したいことが話せるようになるのか」をひたすらに検索した。小学校時代とはまた違って支援機器もどんどん新しいものができていた。

一番に候補に上がったのが、視線入力装置だ。

視線入力装置とは、手足や口を使わず、視線のみでパソコンやタブレットを操作できる装置である。過去に何度かチャレンジしたことはあったのだが、当時はうまく使いこなせず断念した経験があった。

だが、機器の性能も上がっているだろうし、亮さんのモチベーションも当時とは違うはずだ。

そこで再度、視線入力にチャレンジしてみることにした。そして、たまたまそのタイミングで出会うことができた言語聴覚士のりなちゃんに亮さんの麻痺の状態を直接評価してもらうことができた。

「ときどき視線が流れていってしまうが、目の動きは悪くないです。見たいところを見ることもできている。ただ、麻痺で頭が動いてしまうので、もう少し体の動きが落ち着いたらいいのですが……」

麻痺が落ち着いたら、か。いったいどうしたらいいのだろう。すっかり日も落ちた帰り道、亮さんと相談をしながら帰ろうと車に乗り込んだそのときだった。ミラー越しに目が合った私に亮さんは突然言った。

「手術するわ」

それは全身の筋緊張を軽減させるバクロフェン髄注《ずいちゅう》療法という手術のことだった。おなかの中にポンプを埋め込み、緊張を軽減させる薬を脊髄《せきずい》に直接流してゆく、というものだ。

一度16歳のときに将来を見越してこのバクロフェン髄注療法に使用する薬が亮さ

んの体に効果があるのか、トライアルをしたことがあった。薬が効いているときは足のバタつきも止まり、指で携帯電話をスクロールできるほど、嘘のように麻痺が軽減した。

しかしその効果に歓喜したのもつかの間、薬の効き目が切れた亮さんの体は反動でのけぞり、まるで一本のまっすぐな棒状に突っ張った。

「緊張が、ぬけない」

言葉も絶え絶え、呼吸も荒い。当時小学生だったつかさも、

「にいに、可哀そう」

と言ってしまうほど、それは目をそむけたくなるほどつらい様子だった。

当時はそのあまりにも強い反動に本人も家族も恐れおののき、

「将来本当にどうしようもなくなったときに、また検討しよう」

と封印した。

手術とはそれのことなのだ。

さすがの私も心配になった。全身麻酔の腹開胸手術。健康な体に手を加えることに抵抗がない、といえば嘘になる。相談した主治医からも、

「この手術をしたからといって麻痺が軽減するか、またはどれほどまでに効果が見られるかは、やってみなければわかりませんよ」

とも言われていた。


私は亮さんと二人のときを見計らって、気持ちを確かめることにした。

「亮さん、ほんまに手術すんの?」

「はい」

「効果があるかどうかもわからんねんで」

「はい」

「痛い思いして、おなかにポンプいれて、でも、今以上に話ができるかどうかなん

てわかれへんねんで。それでもいいんか？」

「いいよ」

そこで私は、ずっと聞きたかったことを聞いてみることにした。

「なあ。そこまでして、大学講師の仕事になんでこだわるの？」

つい、本音を漏らした私に、亮さんはゆっくり、だがまっすぐにこう言った。

「学生　が　好き。働く　楽しさを　伝え　たい」

亮さんは、ふう、と力を抜いた。そしてこう続けた。

「生きる　こと　は、働く　こと　やねん、お母さん」

そう言って亮さんはにっこり笑ったのだった。

33／生きることは働くこと

２０２２年2月。亮さんは手術をした。私のサポートなく一人で教壇に立ち、「動けない、話せない。でも伝えられる大学講師に俺はなる！」ために。

そしてせっかくなので、大学講師を目指す過程をご覧いただこうとクラウドファンディングを実施。なんと４２３名の皆様に応援いただくことができた。

手術を終えた現在は、ＹｏｕＴｕｂｅで術後の様子や、コミュニケーションの練習、意思伝達装置などの支援機器にチャレンジしている様子などを配信。同じ環境の方はもちろん、介護や医療従事者を目指す学生や、障害にまったく関係なくても、

「夢に向かって突き進む自分を知ってもらうことで、笑顔になってくれたら嬉しい」

と、亮さんの思いをのせた配信を続けている。

先日ある小学6年生に向けたキャリア教育の授業の中で、こんな質問をもらっていた。

「亮夏さんは、障害のある自分のこと、嫌じゃないんですか」

亮さんはしばらく考えた後、

「自分のこと、気に入って　ます」

そう言って、笑った。

人とつながりたい。友達が欲しい。自分の願いを亮さんはずっとあきらめなかった。同級生と思うように会話ができず、一人だとうつむいていた亮さんはもういない。うまく話せないという、他の人との「違い」に可能性を見出した亮さんは、私の知らない間に、自分に誇りを持って生きていた。

授業終わりに「最後に一言」を求められたとき、亮さんはこう言った。

「自分を　あきらめないで　ください」

自分をあきらめない。彼はきっとこのバトンをつないでゆくのだろう。

第5章

理由

今の私に出会ってくれた方や、ＳＮＳを通じてつながってくださっている方からは、

「どうしたら織恵さんみたいにポジティブに生きられるのか」

「私も織恵さんみたいに自信を持って、かっこよく生きてみたい」

そんな相談やコメントを多くいただく。でも、私は昔から今の私だったかというと、そういうわけではない。全くもって、ない。

「ネガティブで、自信もなく、自分が世界中の誰よりも大嫌いな人間だった」

と言うとたいていの方が驚かれ、続けてこんな質問をしていただく。

「じゃあ、いつからそうなったの？」

この章では、私の原点をお話ししたいと思う。

34／父とわが家

父は、何でもできる人だった。

勉強はもちろん、字を書かせたら何かのお手本のようにきれいで、幼いころの私の持ち物はすべて父が名前を書いたものだった。父はＤＩＹからパンク修理、さらに料理までできた。

父は週末、たまにフレンチトーストを作ってくれたのだが、これは絶品だった。今でも私が家族に作るフレンチトーストは、実は父のフレンチトーストがお手本だったりする。

父は正義の人だった。

自分にも、人にも容赦なく厳しかった。街中で、ルールや正義に違反していると感じた人には、つかつかと近づいたかと思うと大声で怒鳴りながら直接指導を行った。そんな景色を見るのが当時とても嫌だった。

父は楽しそうにはしゃいでいる人にも、「チャラチャラしやがって」と、悪態をよくついていた。昔から楽しいことや嬉しいことを私が感じることにどこか抵抗があったのは、「楽しいことは良くないこと」という空気が家の中にあったからなのかもしれない。

父はしつけに厳しい人だった。

ポケットに手を入れて歩くことは禁止、萌え袖禁止。友達からお菓子をもらうのも禁止、外泊も禁止。学生時代はメイクやネイルも禁止。門限は常に一般的な時間よりおおよそ2時間早い設定だった。門限時刻をものの数分過ぎると決まって父は玄関で仁王立ちしていて、1、2発殴られた。

電子レンジで熱しすぎたお茶碗を持ちきれず、思わずテーブルに転がしてしまったときは「行儀の悪いことをするな」と、気づけば鼻血が噴出していた。しつけという名の体罰は私にとって日常茶飯事だった。

父はいつも否定的だった。

自分の価値観に合わないものは見事なまでに否定した。流行りの曲から、新車の便利機能までも、父の考えと異なるものや父の中にはない価値観はとにかくすべて受け取り拒否の全否定だった。

夢や希望を語るより大切なことは「正確で現実的」であることだった。

「正しくあること」が掲げられた家の中はいつもきちんと整理整頓されていて、ぴんと空気が張り詰めていた。

35／将来の夢

「将来の夢を発表しよう！」小学生年度始まりの恒例行事の一つでもあるこの時間。みんな夢なんかあるのだろうか。まわりをキョロキョロと見まわしながら、私はいつも疑問だった。

夢なんか、なかった。暗黙に存在する「子どもは夢を持っていて当たり前」という空気が苦しかった。

かといってそれについて誰かと語り合うこともないまま、5年生の私は結局いつものように考えた。何になりたいか、ではない。

「なんて書いたら、お父さん、お母さんに叱られないか」

世の中にあふれる「すごい仕事」を考えた。

そして今回は「弁護士」と書くことに決めた。

「立派な夢だね」

ってこれで大人たちは褒めるはずだ。ふと斜め前の席に座るクラスメイトの文字が目に入った。「ケーキ屋さん」と書いていた。ふふふと笑いながら隣の子と何やら楽しそうに話している。

私は自分がさっき書き上げた文字を眺めた。さっきまで何とも思わなかった文字が途端に窮屈に感じた。なーにが弁護士や。

「嘘つき」

弁護士になりたいなんか1回も思ったことないわ。心にもないことをさもそうであるかのように書き、発表するであろう自分に腹が立った。

私の将来の夢は家を出ること。自由に生きること。私は嘘つきな私をいつも軽蔑していた。世界で一番自分が嫌いだった。

「消えてしまいたい。でも消える勇気もない」

幼い私は早々に幼い自分を手放すことにした。そして父の正解、母の正解、友人の正解、先生の正解を探る達人になろうと努力した。

人一倍しっかりした、誰からも嫌われない人間になるために。だがその代償は大きかった。

自分の感情を無視することは、結局のところ、自分も相手も傷つけることだった。

私は、弱く、もろく、卑怯者だった。自分を守ることに必死で、何かあったら人のせい、何かのせいにした。

もちろん、そんな私が誰かから信用されることも、好かれることもあるはずがなかった。私はそんな私が大嫌いだった。

36／唯一認めてもらったこと

しかし、そんな日常の中にも嬉しいこともあった。その日はいつもと別段変わらない、朝の風景から始まった。

「織恵ちゃん、起きやー」

目覚まし時計の代わりに、母の声が1階から聞こえた。

「はーい」

私は声を張り上げ、返事を返す。毎朝6時50分、決まった時刻に決まったように起きる、それが私の小学生時代だった。

私が通っていた小学校には制服がなかった。なので、必然的に私服で登校することになる。

小学校高学年ともなれば、女子は好きな男子がいたり、はたまた女子同士、ライバルとはいかなくてもお互いのファッションで甲乙をつけ出したりする。

そのため、私が朝起きて一番にすることは、顔を洗うことでも、朝食を食べることでもない。服を選ぶことだった。


寝室の隣の部屋、引き戸を開けると左右にたんすが並ぶ、3畳ほどの部屋は通称「たんす部屋」。

毎朝一番にひんやりとした茶色いフローリングの床に正座して、自分の引き出しに向き合い、私は考える。

「今日はスカートかパンツか」

その日の授業内容（移動や活動内容）や気分でアイテムを一つ選んだら、それに合わせて他のアイテムを慎重に選ぶ。

色のバランスや、全身のライン。全体像が決まったら最後のチェック。そして「品があるかどうか」これはとても重要だ。

父は派手なものや、父が言う「下品」なものは嫌いだ。

そもそも両親の許可のもと洋服を買うのだから、「派手なもの」や「下品なもの」は存在しないはずなのだが、朝からのものめごとはやっぱり避けたい。

その日も、全体をくまなく確認し、洋服を手に階段を下り、1階のリビングのドアを開けた。ふわっとただようコーヒーの香りと、それにまじる香ばしいトーストの香りの中へ私は入ってゆく。リビングのテーブルには目玉焼きとベーコンが用意されている。

「おはよう」

できるだけ元気な声を出す。

「相手に聞こえなければ言っていないのと同じ」

と父はいつも言う。

「おはよう」

両親の声を確認したら、洗面所に向かい、髪を結ぶ。定番は、少し高い位置で結ぶポニーテールだ。

洗面所からリビングに戻ると、

「織恵ちゃん」

「はい！」

急に父に呼び止められ、びくっとしながら振り返った。

「織恵ちゃんは服のセンスがいいな」

「！」

予想外の言葉に面食らった。めったに褒められることがなかった私なのだ。

「あ、うん」

空気を飲み込むみたいな返事を返すのがやっとだった。

その日どんな服を着ていたのか、正直、私は覚えていない。なんで父がそんなことを言ったのか、たまたま機嫌が良かっただけなのかもしれない。

ただ、嬉しかった。その気持ちだけが心に深く刻まれている。自分の選択を初めて父に認めてもらえた、そんな気がした。

例えば、「このお菓子おいしいよ」と手渡したものが「うん、おいしいね」って言ってもらえるだけで嬉しい。
「あのテレビ面白いね！」「これすごいよね！」ささいな毎日の会話に共感されたり、興味を持ってくれたりすると
「自分のことを理解してもらえている」

という安心感になる。

ただ、父と私の間には、残念ながらそれらが一切なかった。


「お父さん、これおいしいよ」

「そうか？　変な味やけどな」

「お父さん、このテレビ面白いよ」

「そんなしょーもないテレビなんか見るな。あほになるぞ」

「お父さん、見て。頑張ったよ」

「お姉ちゃんなんやから、できて当たり前やろ」


何か大きなことがあったわけじゃない。ただ、毎日ほんの少しずつ、「共感してもらえない」「理解されない」経験がオブラートのようにぺらぺらと、何年もかけて私の上に積み重なって、ずっしりと頭をもたげていた。

だからこの日、父が何気なく口にした
「織恵ちゃんは服のセンスがいいな」

この言葉は、私の心を照らすには十分な効果だったのだ。

「他者から評価され、認められたという経験」は「自己有用感」となってその人が自分らしく生きてゆくために必要な「自己肯定感」となる。

「センスがいい自分であること」

それは当時、私が私らしくあれる唯一の表現として私を支え、勇気をくれた。自分らしさを他者に伝える手段として、その日からファッションは私の代名詞となった。

この日から30年以上経った今もなお、鮮明に父の一言は金ぴかの表彰状の額に入って、私の胸の中、光を放っている。

37／夢と現実

そんな小学校時代を経て、地元中学校へ進学、卒業し、無事に公立高校に入学。大のパン好きだった私は「余ったら持って帰れる」ことを理由にパン屋さんやピザ屋さんのアルバイトに明け暮れていた。

しかし高校2年生にもなると、そろそろ卒業後の進路について考えてゆかねばならない。そして私はずっと心に秘めていたある思いを両親に伝えようと一人決意をした。

私は絵を描くのが好きだった。特に模写には自信があって、小さいながらも賞を受賞したことも何度かあった。

絵を描いている時間は良い。無心になれる。何も余計なことは考えなくていい。

ただ目の前にある描きたいものを、いかに忠実に、いかに躍動的に描き、命を吹き込むか。自分が見たものを見たままに自分の筆や鉛筆一本で表現できる。絵を描くということは、私にとっての自由そのものだった。

「いつかスタジオジブリの背景画や世界の名画にかかわる仕事がしてみたい」

ふんわりとした輪郭ではあったが、それは私の中にあった、たった一つの夢だった。

両親がリビングにそろったときを見計らい、何気なく、だけど一世一代の勇気を振り絞って一歩前に出た。

「あの……、この先絵に携わる進路に進みたいって思ってるねん」

自分の本心を伝えるなんて何年振りなのだろう。緊張で指先は冷え切っている。

心臓の音が全身にこだましているようだ。

新聞を読んでいた父はちらりと片眼を上げ、こちらを見て言った。

「なんや、まさか絵描きにでもなりたいとか言うつもりと違うやろな。絵描きなんかで食べていけると思ってるんか。現実をちゃんと見ろ。くだらん夢を語ってくれるなよ」

それだけ言って視線を新聞に戻した。

足が震えている。なんで、なんで……いつも頭ごなしに否定するんだ。どうして最後まで話を聞いてくれないんだ。怒りと悲しみが込み上げてきた。同時に、

「言え。それでもやってみたいと。チャレンジさせてほしいと言え!」

心の中で小さな私が叫んでいる。

「あきらめるな。自分をあきらめるな!」

だが、実際は

「いや、そうゆうことでもないんだけど……」

口から出た言葉は、弱くて、言い訳がましい最低の言葉だった。それ以上否定さ

れるのが怖くて、結局私はその場から――いや、違う。私は自分の夢から逃げ出したのだ。誰かから、自分から、逃げてばかりの人生だった。

38／19歳で家を出る

夫と出会ったのは、そんなころだった。アルバイト先でお客さんとしてきた彼に、私は人生で初めて一目ぼれをしたのだ。

すっと切れ長な目元。高い鼻。半袖から伸びる腕は現場仕事で鍛え上げられ筋肉ムキムキ。そして口数の少なさがまた魅力的で。

迷った。今日ここで何とかしないとまた会えるかどうかなんてわからない。かといって自分から声をかけるなんて18年間一度もやったことがない。どうする、どうする私。そしてついに決意した。

「私、あの人を食事に誘うわ」
いきなりカミングアウトされた同僚は
「え、ほんとに？」
と、心底驚いた様子だったが、しっかり彼の友人の気を引くなど、私が連絡先を渡すことを全力で応援してくれた。

そしてそこからすぐにお付き合いが始まった。

そのころの私は、どうしたらこの家から脱出できるか、それだけを考えていた。家を出たい。とにかく出たい。

がしかし、家を飛び出すための大義名分がまったく思いつかない。

どんな理由なら両親が納得して、かつ完璧な脱出を遂行できるのだろうか。来る日も来る日も家を出る方法について考えていた。

そしてついにひらめいてしまった。

「そうや、妊娠したらいいんやん！」

当時私は18歳。法律上結婚ができる年齢だ。妊娠は結婚する理由になる。そうしたら家を出られる！　自由になれる！　自分らしく生きることができるかもしれん！　なんて名案なんだ！

こうなったら善は急げである。出会って3か月の彼を呼び出した。

「あのな、話があるねん」

「どうしたん？」

「私な、家出たいねん」

「うん」

「だからさ、私と結婚してくれへん？　だから私を妊娠させてや」

「え？」

一瞬間があった。今思えば当時の彼は21歳。今の亮さんよりも年が若い。ご両親からすればとんだ話である。

しかし彼は一言「わかった」と言った（言ってしまった）。交渉成立である。

だがそこからが大変だった。妊娠を伝えると両親は当然ながら激高し、何とか私を引き留めようとした。時にさとし、時に殴り、時にサボテンを投げつけた。それでも必死に

「意思は曲げぬ」

と貫いた。私が自由に自分らしく生きるには、もうそれしかない、このチャンスにかけるしかないと必死だった。

そしてついに、1999年2月。雷と雪が降るせわしない日に私たちは結婚式を挙げた。私19歳。夫22歳。

「おめでとう！」

「おめでとう！」

駆け付けてくれた高校時代の友人たち。親戚のおばちゃん、おじちゃん、おにいちゃんが口々にお祝いの言葉を伝えてくれる。それを私は、どこか他人事のように聞いていた。

「織恵ちゃん、幸せですか?!」

親戚のお兄ちゃんがインタビュアーのマネをしながら、マイクに見立てた手を伸ばす。

「幸せですか？　私は幸せなんかなあ……」

ふいに自分の気持ちがわからなくなった。これは私が望んだことだ。あんなにも大きな反対を押し切って手にした自由への切符だ。喉から手が出るくらい欲しかった切符は今手の中にある。

なのに、なんだろう、胸に何かが重くつっかえている。


夫と二人、メインテーブルに座りながら、考えた。運ばれてくるフランス料理を食べながら、考えた。

そして式もいよいよ佳境に入り、クライマックスのビッグイベント、両親への手紙を読むときがやってきた。いそいそと立ち上がり、マイクを手に手紙を広げ、私は数日かけて書いた手紙を読み出した。


「お父さん、お母さん。今日まで19年間育ててくれてありがとうございました。

そして……」

あ、そうか。ここまで来て、初めてわかった。私は、謝りたかったのだ。

気がついたとたん、とめどなく涙の粒が頬《ほお》を伝い続けた。

「そして、いい娘じゃなくてごめんなさい。お父さんお母さんが望むような娘になれなくてごめんなさい」

手紙は、もう必要なかった。本当はもっと一緒に暮らしたかった。もっと仲良くしたかった。もっとお父さん、お母さんを喜ばせたかった。もっと、もっとしてあげたかったことはたくさんあったのに。それができなくて、ごめんね。

でも、もう私は戻らないから。涙とともに、過去への思いを流した。私は、ここにはもう戻らないと決めたのだ。

39／一人ぼっちのマタニティ生活

いくつかの段ボールと、新しく買いそろえた家具とともに、当時夫が一人暮らしをしていた賃貸マンションで新婚生活をスタートさせた。

決して広くはなかったが、R字のガラスブロックでできた大きな窓が特徴の室内は、電気をつけなくても明るくて、私はとても気に入っていた。

当時は今ほどネット環境が整っていなかったこともあり、妊婦の主な情報収集は毎月の妊婦健診か、ベネッセさんから発売されていた『たまごクラブ』しかなかったと言っても過言ではない。少なくとも私はそうだった。

人が苦手すぎて、今でいうプレママ（もうすぐ母親になる女性）の友人なんていなかった私は、もはや『たまごクラブ』の情報がすべてだった。今月齢に当てはめたり、来月、再来月の赤ちゃんはこうなってるのかーなんて思いをはせながら、1日に何度も、毎月ボロボロになるまで繰り返し読んでは、おなかの子の成長をイメージしていた。

それに、それしかやることも楽しみも他にはなかった。嫁ぎ先の大阪市には当時友人どころか知り合いもおらず、日中は誰とも口を利くこともなく、ひたすらに夫の帰りを待つ、そんな生活を送っていた。

「ただいまー」待ちわびた夫が帰ってきた。

「お帰り！　遅くまでご苦労様！　ごはん用意するね」

時間だけはたっぷりある。下ごしらえから丁寧に作った今夜のメニューは、夫の大好物のとんかつとかぼちゃの煮物、キャベツの千切りと具だくさんみそ汁。私は急いでソファーから立ち上がりキッチンに立つ。そのときリビングに入ってきた夫の携帯電話が鳴った。

「もしもし。はい。あ、わかりました。はい」

電話を切った夫は、脱いだ作業服を無造作に洗濯機に投げ入れると、家着ではなくデニムにはき替え出した。

「どこ行くん」

本当はわかっていたけれど、聞かずにはいられなかった。

「代打ち（先輩の代わりにパチンコを打つこと）」

そう無造作に一言夫は言い放った。夕食の用意をしかけた手を止める。予想通りの返答に露骨に嫌な顔をしてみせる私に、

「しゃーないやろ。呼ばれたらいかなあかんねんから」

負けじと夫も嫌な顔をしてみせた。それは私に対してなのか、電話の主になのかはわからなかった。

「いつ帰ってくるん」

「わからん」

少し苛立たし気に玄関ドアを開け、夫は出ていった。私は閉まったドアと、一足だけ並んだ私のスニーカーをしばらくの間眺めていた。

「なあ、さみしいやん」

私はその言葉を言えないまま飲み込んだ。これは私が選んだ人生なのだ。そう何度も自分に言い聞かせた。テーブルの上にはみそ汁が二つ、静かに湯気をくゆらせていた。

実家さえ出たら、幸せになれると思っていた。自分の人生を生きることができると、信じていた。でも現実は何も変わらなかった。私は変わらず一人ぼっちだった。結局どこへ行っても、私は私だった。何となくそんな予感はしていたけれど、気がつかないふりをしていた。

私は私でいる限り、きっと幸せにはなれない。いくら環境を変えても同じなのだ。私が変わらなければ何も変わらない。それだけはわかった。ただどうしたらいいのか、そのときの私にはわからなかった。

40／私にとって仕事とは何だろう

どうすれば今よりも生きやすくなるのか、幸せになれるのか、考えあぐねるばかりだった。

しかしそんな日常の中、一つ転機となったことがあった。就職である。

亮さんを出産後、療育園、2歳からは保育園と亮さんが通い出したことで、私は念願の就職を果たした。

朝9時半出勤、夕方5時までのフルタイム。休みは平日1日と日曜。片道自転車で40分かけての自転車通勤だ（しかもあえてのノーマル自転車でダイエット）。

子どもが小さいと、「家事と育児の両立は大変でしょう?」と言われることもあったが、結果的に私にとって働くということは、「母親という役割からの解放」を意味するものになった。

「亮夏くんのお母さん」でもなく「畠山くんの奥さん」でもなく、「畠山織恵」という一人の人間に立ち返ることができるもの、それが仕事だった。


勤務先は社員も私も含めてほとんどが子育て中の母親で、6つ年上の先輩と、数人の後輩、みんな仲が良く、隠れ人間恐怖症の私でも快く受け入れてくれた。

仕事内容は、0歳から6歳までを対象とした乳幼児向け能力開発教材の販売で、私たちはアポイント業務から、入会前後の母親たちのフォローや育児におけるメンタルカウンセリングを担当していた。高額な商品だったが、「教材もそうだけど、畠山さんに子育ての相談ができるなら、決して高くはないです」とときどきだがそう言っていただけることもあり、自分の子育て経験が生かせ、しかも喜んでいただけることに、言葉にはできない幸せとやりがいを感じるようになった。

休憩時間には狭い事務所で当時流行りのビリーズブートキャンプをやったり、毎日くだらないことを話しては帰る、学校のように楽しい場所だった。

「母親」や「妻」という立場から身体的にも精神的にも離れる時間が持てたことで気持ちに余裕が生まれ、亮さんや夫にも優しく関わることができるようになった。

また、働くことで誰かの役に立てる、社会で必要としてもらえる人としての喜びを感じることができ、少しずつ自分にも自信がついていった。

こうして気がつけば12年、居心地良く働いていたのだが、日に日にある疑問が私の心を覆うようになっていった。

「居心地はいい。仕事も悪くない。でも、私、本当にこのままでいいんやろか」

5年後も10年後も、ここでこうして生きているのだろうか。

自分にとっての仕事って何なんやろう。

生きるためのお金を得る手段。私は本当にそれでいいんかな。別の目的を追求するのはわがままなんやろうか。

私であることで誰かの役に立てるような仕事ってないんかなあ。

何となく過ぎてゆく毎日に、どこか違和感を感じはじめていた。父にがんが見つかったのはそんなころだった。

41／最後の会話

「お父さん、食道がんなんやって。ステージ4の」

電話口の母の声が震えていた。

「え？」


医療にはまったく詳しくない私でも、それが何を示しているのかがわかる数字だった。

ステージ4、言い換えると「末期がん」
・手術はむつかしい
・余命宣告を受ける可能性がある状態
を示す言葉だ。

「いつもどおりお父さんと人間ドックに行って、帰りにホテルのランチ食べて帰ってくるつもりやったのに、えらいことになってしまった……」

「そうやったんか」

うなだれる母と対照的に、どこかピンと来ていない冷静な自分がいて、私は心の中で「これが母ならまた感じ方は違うんかな」なんて考えたりもして、またこんなときにそんなことを考えている自分は冷酷なのだろうかとか、そんなことも考えていた。

父は死んでしまうのだろうか。もうすぐ死んでしまうのだろうか。それが何を意味するのか、33歳の私にはわからなかった。

あんなにも大きかった父は、手術と、抗がん剤の副作用で、みるみる間に小さくなっていった。

消防士として、危険な現場にも颯爽《さっそう》と駆けて行っていた父だが、そのころはもう、玄関に続く自宅前のゆるやかな階段さえも、一人では上れなくなった。私が知っている父はもう、いなかった。

「お父さん、一緒にのぼろう」

「ああ、ありがとう」

「お父さん、行くよ、せーの！　はい、せーの！　はい」

私は父のベルトを持って、声をかけつつ1段1段父を持ち上げた。それでもまだ、その重みを確かなものとしては感じられていなかった。

また、私が普段から車を運転していることもあり、父が行きたいというところへはどこにでも車で連れて行くようになった。そんなときに不謹慎だとは思うのだけど、

「ああ、今やっと私は、お父さんの役に立てているのかもしれない」

家を飛び出してしまってからの15年間、いや生まれてからずっとかもしれない、私と父の間にあったいろんなものを穴埋めしている、そんな気持ちだった。

父はかたくなに治療を続けようとした。父は生きようと必死だった。

誰がどう見てもそのときの父には、がんと闘う以上に、治療を続ける体力も残っていないことは明らかだったのに。闘わなければ……それをやめるということは、同時に死を受け入れること。父は自分と闘っているのだと、みんなわかっていた。

そんな父の姿に、母は一人涙を流していた。

「体力をもう一度養うために、いったんホスピスに入って休みませんか」

唯一父が信頼していた漢方医学の先生の言葉を、父はどんな気持ちで聞いていたのだろう。2月、父はホスピス入所を決めた。

そんなある日、母から電話が入った。

「織恵ちゃん、今日お母さん午前中どうしても外せない用事があるから、悪いけど一人で先にお父さんのとこ行っといてくれる？」

私が父と二人きりになることをどこか避けていたことをたぶん母は知っていて、その気遣いの電話だったのだと思う。

「わかった」

電話を切った。そして私は初めてその日、一人で父の病室に向かったのだった。

自宅から病院までは車で40分ほどの距離にある。車を停めて、病院へ。そのままエレベーターに乗り、「緩和ケア病棟」と書かれた階を押す。

チン

と小さな音がして、扉が開く。

いつもは母と歩く日当たりの良い広い廊下を、私は一人歩いていった。誰ともすれ違わないまま右手に飾られた大きな桜の絵の前を通りすぎる。

トントン。

ノックのあと、真っ白な引き戸を引くと父はベッドに横になっていた。

「きたよー」

できるだけ明るさを心がけながら声をかけた。父は私に気がつくと

「ああ、織恵ちゃんか」と言った。

『やせたな』どうしても記憶の中の父と目の前の父を比べてしまって、何度会っても見慣れないのだ。

私は父の隣に腰かけて、

「どう?」と話しかけた。

二人きりの会話は慣れないから、ちょっと気まずい。何を話したらいいのかがわからない。

「トイレがな、ちょっと大変かな」

ちょっと何が大変なのかは聞かないことにした。

「そう。今は手伝うことある？」

そう言いながら、室内をぐるりと見渡し、とりあえず手を動かせるものはないか探す。

「ああ、そこ片づけといてくれるか」

父は洗面所を指さした。

父はど真ん中のA型だと思うほどとにかく几帳面だ。父の自宅の部屋もいつもきれいに整頓されていて、一つ一つ持ち物はきれいな字で名前も書いていた。几帳面な父が心地良いように整える。

洗面所の横には大きな窓があって、午後の日の光がやわらかく差し込んでいた。

「織恵ちゃん、ちょっとこっちにおいで」

父がベッドの端をトントンと片手でたたく。え、何やろう。ちょっと挙動不審になる。

「うん、どうしたん」

私は何でもない顔をして、ベッドの横の丸椅子に腰を下ろした。父は不意に私の手をとって、こう言った。

「織恵ちゃん。大きくなったな」

なんて言っていいのかわからなくて、「うん」とだけうなずいた。

父は、しばらくそのまま私の手を握ったあと、私の手を眺めながら、ゆっくり言葉を続けた。

「お前が娘で、よかった」

「え」

驚いて思わず父の顔を見た。父の手は、やせた体とはアンバランスなくらいにふかふかで、大きくて、あたたかかった。

父は続けた。

「亮夏に障害があるってわかったときは、どうしようかと思ったけどな。よくあそこまで育てたな。お父さんとお母さんやったらたぶん亮夏は育てられへんかったと思う。

織恵ちゃんはよく頑張っているよ」

父は笑っていた。

それはずっと、ずっと子どものころから言ってほしかった言葉だった。

「お前はよく頑張っている」

思い返せばただその一言を求め続けた人生だった。親に認められたい。好きだと言われたい。満たされない思いは時に依存、時に拒絶と形を変えながらも決して私の中からなくなることはなかった。

「うん、ありがとう」

窓ガラスに映る私は、自分でも驚くくらい嬉しそうな顔をしていた。
不思議と涙は出なかった。
ただ心の底から嬉しかった。

その2か月後の春、その言葉を残して父は桜になった。

この日までの私は、怒りをエネルギーに変え、父をただ見返したい一心で亮さんとの子育てに励んできた。

また一方で、威厳があり、敬意を持ち、だからこそ距離があった。そんな父に認められたことは、この先、私が私として生きていいと背中を押してくれた気がした。

悔しさは困難を乗り越えるエネルギーに、認められた喜びは明日からを生きるエネルギーになった。

もしも父がまだ生きていたら、私はこの言葉をもらえていなかったかもしれない。そしたらまた、今日の私は違う人生を歩んでいるのかもしれないのだ。

でも父は死んだ。そして今の私がいる。だったら、今の私ができることを精一杯やっていこう。

もう一回、生き直そう。桜の花びらが美しく散ってゆく中、私はそう思った。

42／初めて自分のために大金を使う

父が亡くなって数か月が過ぎたころ、母から

「これ、お父さんから」

そう言って遺産を分けてもらった。

それは数組の布団を買えばなくなるような金額ではあったが、大金には違いない。

いつもの私であれば、すぐに右から左に貯金していたのだろうと思う。だがこのときの私は違った。

「貯金するんじゃなくて、自分のために使ってみようかな」と初めてそう思えた。

今までなら、自分にお金を使うことにいつもどこかためらいがあった。自分に投資しても、無駄にするだけじゃないか。せっかくのお金に見合うものを自分なんかが得られるのだろうか。自分に投資する自信が私にはなかったのだ。

でも、あの日の父とのやり取りで、自分の中で何かが変わった。

自分にかけてみようかな。生まれて初めて、そう思えた。

かといって、まったくの畑違いの何かに投資する勇気は持ち合わせていなかったのでいろいろと迷った結果、当時働いていた幼児教育の仕事に活きるものを私は選ぶことにした。

少人数保育について学ぶ民間の資格「チャイルドマインダー」を働きながら半年

間かけて学ぶ講座に申し込むことにしたのだ。

プレゼントならまだしも、自分にかけるお金なんてせいぜい数万円程度しか免疫がなかった当時の私だ。初めて自分のためだけに大金を支払うことにめちゃくちゃ緊張した。

無駄にならないように頑張らなくちゃ。またいつもの「頑張る私」がにょきにょきと顔を出そうとしていた。

がしかし、この決断が自分を守るため幾重《いくえ》にも重なる鱗《うろこ》のようにまとい続けた鎧《よろい》を脱がすことになるとは、このときの私は夢にも思わなかった。

43／自分らしさってなんや

いよいよ授業が始まった。梅田のど真ん中にあるビル、その一室に私を含めた7

名が顔をそろえた。ここから週に一度、半年間学びをともにする仲間だ。

最後に教室へ入ってきたのが道嶋先生だった。

「私、猫とカマキリ好きやねん」と話すさばさばとした口調と大きく口を開けて笑う道嶋先生は、一目で人気の講師だとわかる女性だった。鋭い観察力と相手を尊重する姿勢がとにかく気持ち良い。

私は初日、この半年がどれだけ楽しい時間になるのかを想像しワクワクしていた。そしてその予感は見事に的中することとなる。


いったいなぜ「自分」になったのか。考えたことはあるだろうか。

授業では子どもや親の心理も学ぶ。図らずも私自身の幼少期や、さらに自分の両親について振り返る機会が何度かあった。私、そして両親それぞれの生い立ちを知っている範囲で書き出すのだ。私はまず両親の過去に思いを巡らせてみることにした。

〈父〉

・小学生のころに自分の父親を亡くしている
・母親と一つ下の弟がいた
・勉強が得意だったが、一つ下の弟を大学に行かせるため自分は進学をあきらめ働き出した
・しばらくサラリーマンをしていたが、消防試験に合格し、消防士となった
・大学卒のキャリア組に囲まれる中、「努力と根性」でキャリア組を押しのけ昇進していった

〈母〉

・10個年の離れた姉との二人姉妹
・父親を早くに亡くしている
・父親はもの静かな威厳のある感じの人だった

・独身時代は会計事務所で働いていた
・新婚旅行から戻った日に母親を亡くしている

「人がそうなるには、そうなる理由があるんですよ」

大きなホワイトボードの前に腰かけた道嶋先生がそう言った。

「例えば、なりたい人が実在する場合はいいんです。でも実在しない場合、人は理想を想像で追い求め、過度に、いきすぎたり、振りすぎたりする場合があります」

また先生はこう続けた。

「はたから見ていて、この人何ゆってんだとか、意味がわからない行動をとると感じる人はいませんでしたか。ですが、私たちにはわからなくても、本人には本人なりのそうする理由が必ずあるのです」


この教えが、長年の苦しみから私を救うこととなる。

44／誰も悪くない

私は書き出したものを眺めながら、父について伝え聞いたことと合わせて想像してみた。

父は幼いころ、父親を亡くしたことで、子ども心に「強くなくてはいけない、楽しんでいる暇なんてない。家族を守らなければならない」そうやって生きてきたのではないか。

母も早くに父親を亡くしている。二人ともそもそも父親とのエピソードがあまりないのではなかったのか。実在モデルがおらず、かつ家庭環境によって「強く威厳のある父親像」に極端に振りすぎたのではないか。

なーんや。だったら、そんな二人に育てられた私が「私」になったんも、しゃーないやん。誰も悪くないやん。

それに気がついたときの衝撃といったらなかった。

憑《つ》き物が落ちた。そんな感じだった。

「人がそうなるには、そうなる理由があって、人がそうするにはそうする理由がその人なりにはあるんです。たとえ私たちにはそうしている意味がわからなかったとしても、その人にはあるんです」

先生の言葉がストンと、落ちた。

絶対的な存在だと思っていた両親も、実は一人の不器用な人間だった。そう思えたとたん、心のどこかで恨んでいた両親のことも、ダメダメだと思っていた自分のことも、初めて私は許し認めることができたのだった。

45／あこがれの人

ところで皆さんは、あこがれている人や尊敬している人はいるだろうか。

私は30代になってはじめて、「こんな人になりたい！」という実在する女性に巡り会った。

それはスタイルも抜群で、タイトスカートをはきこなし、ロングヘアをなびかせながら、ホワイトボードをドンと叩いて、

「それであなたはどう生きたいの?!」

と、問うてくれる元フリーアナウンサーの西村実花さんだった。

「なんちゅー自分を持った、かっこいい人なんや。私もこんな人になりたい！」

会社を辞め、自分だからこそできる仕事を模索する中、とあるＮＰＯ法人活動の

講義を通じて私は実花さんに出会った。何としてでもお近づきになりたかった私は、講義そっちのけでどうしたらよいか、そればかり考えていた。

「でも、私なんかが話しかけたら迷惑だよなあ」

「仮に話しかけられたとしても、お茶してくださいとか、そんな時間とってもらうなんてできないよなあ」

「断られても当然だけど、断られたらショックやしなあ……」

ウジウジと頭の中で妄想を繰り返しているうちに、ついに講義最終日になってしまった。

そしてなんと最後の講義も終わってしまった。先生がトイレに立った。その背中を眺めながら、

「んんん！　当たって砕けろ！　言わずに後悔より、言って後悔や！」

私は椅子をばん！と引いて走り出した。

「実花先生！」

トイレのドアをまさに閉めようとしていた実花さんの背中に呼びかけた。

「え？　はい」

半分体が見え、半分トイレに入っていた先生にむかって懸命に伝えた。

「私、実花先生が大好きです！　ご迷惑かもしれませんが、また私と会っていただけませんか?!」

渾身の告白である。心臓がドキドキ。人生で初めて告白をした、まるで中学生のような気持ちだった。

実花さんはふっと笑ってから

「織恵さん。もちろんよ。その前に、トイレ済ませてもいいかしら？」

「は！　申し訳ありません！」

そんなことにも気がつかず、やっちまったと思いながら、ぱたんと閉じたドアをぼんやりと眺めていた。

一呼吸おいて、「もちろんよ」がジワジワと込み上げてくる。

「やったー！！」

と、一人ガッツポーズをした。

それから後日改めて、カフェでお茶する時間をいただけただけでなく、将来障害児教育に携わってゆきたいという私に対し、先生が運営する「ここはぐ保育園」で発達に課題がある子どもたちへの療育を任せていただけることになった。

仕事の面でも現在の活動につながる大きな一歩を踏み出すきっかけとなった実花先生との出会い。あの日勇気を出してトイレまで先生を追いかけた自分、グッジョブ！

46／そうなりたければマネてみる

あこがれの人のようになりたい。でも自分なんかがなれるのだろうか？

そう思ったことはないだろうか。私は思っていた。

だが、実はそうなれる簡単な方法があった。

マネをすることだ。しぐさや話し方、ファッションやメイク。見た目も中身もマネするのだ。そうすることで次第に自分もそうなってゆく。はじめは正直恥ずかしい。だがやってみたらこれが楽しい。

どうしたらいいかわからなかった私はまず、実花先生の口癖をマネることから始めることとした。

「私は、こう思う」


子ども時代から、自分ではなく、他の誰かを優先することが当たり前だった。

でも、実花先生の言葉、「私はこう思う」という言葉を耳にしたとき、優しいと感じたのだ。

例えば、誰かと考え方が違った場合、自分の考えを「否定された」と感じたことはないだろうか。否定まではいかなくても、「自分の考えは間違いだった」そう感じたことはないだろうか。私は、あった。ずーーーーっとそう思ってきた。

「人と違う考えがある自分はやっぱり認めてもらえないんだ」

そう思ってきた。でもそもそも、誰もそんなことは言ってない。私は勝手に相手に伝える前に、自分でそう感じてあきらめたり、勝手に傷ついてきた。
そんな私にとって「私はこう思う」という言葉が放つ力強さと、自分の気持ちも相手の気持ちも大切にできるこの言葉は、まさに金言だったのだ。

「○○さんはそう思うのですね。ちなみに私はこう思います」

たとえ意見が違ってもこの言葉を使うことで、相手を否定せず、かつ怖がらずに自分の意見を伝えられるようになっていった。
こうして、さまざまな出会いを経て私は少しずつ「嫌な自分」から「なりたい自分」へとブラッシュアップさせていくのだった。

47／すでに持っている

「私には何もない」

物心ついたときから、私は自分のことをそう思っていた。

勉強は平均点。絵を描くことや、本を読むことは好きだけど、画家や小説家になれるほどの才能がないことぐらいはわかっていた。何かずば抜けた得意なこともなければ、猛烈に情熱を注げるほどの好きなものもない。

子どものころから大人の顔色をうかがって「怒られない」ための選択しかしてこなかったから、自分で選択をして成功した経験もなければ、失敗を乗り越えて成長した経験もない。

かたやSNSを見ると、「みんなすごいなあ」って思う。それぞれの得意なことや好きなことをバンバン発信して、すごい数の「いいね！」とか、称賛するコメントがてんこ盛りだ。

で、へこむ。じゃあ見なければいいじゃんってなるんだけど、まったく無関心でいられるほど強くなかったりもする。もはやそんな自分がめんどくさい。

そんなときだ。私はとある心理学を学ぶ場でこんな言葉をもらった。

「織恵さんはもう、持っているってことなんじゃない？」

「もう、持っている？」

「そう。ないんじゃなくて、あるってこと」

「ないんじゃなくて、ある。……何がですか？」

「何がだろうねぇ」

答えは自分の中、自分で考えろということらしい。
私には何もないんじゃなくて、もう持っているものがある？
私が持っているものって、なんだ？
よくわからなかったので、時系列にざっくり自分の過去を書き出してみることにした。

〈幼少期〉
・両親には正しさを求められてきた
・頭ごなしに否定されること、怒鳴られ、殴られることが日常だった
・他人と比較されることが多かった
・両親は私よりも社会の目を心配しているように見えた

〈学生時代〉

・嫌われたくない一心で自分を偽るため、結果的に自分が心許せる友達がなかなかできなかった
・中学では2年間いじめを受けた
・とにかく自己肯定感が底辺だった
・彼氏ができるたびに依存した

〈結婚後〉
・亮さんは脳性麻痺。その子育てをしてきた
・はじめは亮さんをかわいいって思えなくて、焦っていたころもある
・つかさを妊娠したとき、また障害あったらって思うとちょっと怖かったなあ
・もしも……

「あ」

ここまで書き出していてハッとした。

「すでに持っているってもしかして、これのこと？」

私が今まで経験してきたこと、感じてきたことすべてが、私が、私だけが持っている価値ってこと？

そうか。たしかに自分が歩んできた人生は、自分だけが持っているものだ。自分の人生なんて人に語れるような大したものではない。おそらく日本人の7割はそう思っているはず（想像）。

でも、友人やまわりの人の人生を聞いて、本人はさらっと話していても、「すごいなあ」「かっこいいな」と感じることがよくある。

でもそれはもしかしたら自分も同じなんじゃないのかな。同じことを経験してない人からすれば、私も十分すごいのかもしれないぞ。

そう思ったらワクワクしてきた。

つらく苦しい経験を、そのままつらく苦しい過去として取っておくこともできる。

だけどそんな過去も、自分のため、家族のため、誰かのために活用できたら、それはつらい過去から一転、自分への「ギフト」になる！

私はすでに持っていた。ずっと探し求めていた「自分らしさ」は、実はこの手の中にはじめから握りしめていたのだ。

当たり前に強く握りしめすぎていたから、気がつかなかった。

35歳にしてやっと、手のひらを広げてみることができたのだった。

48／君の未来はその手の中に

亮さんが脳性麻痺だとわかったとき「自分のことが好きだ」そう思ってもらえるように、「死ぬほど嫌い」だと思っていた自分自身の経験を逆手に取った。

私は知らぬ間に自分の「クソだ」と思っていた経験をしっかり活用できていた。

これから先、この人生を活かして、亮さんだけじゃなく、希望を持てずに生きる人の力になりたい。そう思った。人生も、仕事も、育児も、何をするかじゃない、何を伝えたいかなのだ。

自己満足だ、思い違いだ、自意識過剰だ。いろんな声が聞こえてくる気がした。

でもそれでもいいじゃないか。

そう思った。

自分を幸せにしてあげられるのは自分だけだ。誰に対しても、何に対しても感謝の気持ちを持ち、おごらず、常に当たり前などないことを忘れず、自分であることに誇りを持つ。

これからも自分の命を最大限に活かす人生を模索してゆく中で、縁あって出会ってくださった方がたとえ、たった一人でも笑顔になってくれたら素晴らしいじゃないか。

私は初めて「自分の人生がクソみたいでよかった」と心の底から思った。

でもそれは私が特別なんじゃない。

どんな人生を歩んできたとしても、誰だって自分の人生を活かすことができるのだ。

今すぐでなくてもいい。小さなことでもいい。いつの日か自分の人生を何らかの形で誰かのために活かすことができたら、人も、過去の自分も笑顔にしてあげられる。それは「自分を生きる」ということでもあるのではないだろうか。

むつかしいことは何もない。すべきことはたった二つ。

・持っていることに気づくこと

そして

・行動すること

もちろんしてもいいし、しなくてもいいのだ。

なぜなら私たちは自分で自分の人生を選ぶことができるのだから。

だが私は、このバトンをつないでゆこうと決めた。

私はこのバトンで、今日という日をたとえかっこ悪くても、悔し涙を流しながら

それでも生きようともがいているその命を、私だからできる方法で未来へつないで

ゆきたい。

私は、私が好きだ。今の私を最高に気に入っている。

エピローグ——あなたへ

この本を読んでくださっているあなたは、もしかしたら10代で、容姿や学力を友達と比べたり、まわりから認めてもらえなくて落ち込んでいたり、いい子でいようと頑張っていたり、言いたいことを我慢していたりするかもしれない。

進路に悩んでいたり、やりたいことが見つけられず焦っていたり、親がわかってくれなくてイライラしたりしているかもしれない。

リストカットがやめられなかったり、生きる希望が持てなくて苦しんでいるのかもしれない。


もしかしたら子どもが小さくて家から出られなかったり、子育てに不安を感じていたり、子どもを愛せないことを悩んでいたりするかもしれない。

子どもの障害がわかって絶望の中にいたり、社会から断絶された孤独を感じていたりしているかもしれない。

家族が家事や育児に協力してくれなかったり、ママ友やSNS上の素敵なママと比べて落ち込んでいたり、片づけても片づけても家がぐちゃぐちゃでイライラしたり、たった一人で頑張っているのかもしれない。

もしかしたらいつも自分じゃない誰かのことを優先したり、言い訳ばかりをする自分にうんざりしていたりするかもしれない。

病気やケガと闘っていたり、障害とともに生きていたりするかもしれない。

人と違う自分を理解してもらえなくて悲しみの中にいたり、上司や部下との関係に悩んでいたり、仕事がうまくいかなくて落ち込んでいたり、大きな傷や後悔を抱えて生きているのかもしれない。

生きることは楽しいことばかりではない。

「生きることを放棄したくなった」もしかしたらそんな人もいるかもしれない。

それでも今日こうしてこの本を手に取ってくださっているということは、今日まで生きてきてくれたから。

あなたに会えて嬉しい。

今日まで生きてきた自分をどうか誇りに思ってください。

人生は、過去幸せだった人がそのまま幸せな人生を歩み続けるのか、というとそうゆうものでもないな、と私は思う。

生きているといろんなことがある。

私は「幸せであること」よりも、「幸せになること」のほうが大切な気がする。

「幸せである」とは、ある種その状態を示すのに対し、「幸せになる」のほうは主体的で、かつ行動を伴うものだ。

叶えたい人生を歩むために最も必要なことは行動だ。

目の前にある一つの事実を「どのようにとらえ」「どう行動するのか」この視点と行動次第で人生の輝きは180度変わる。

つまり私たちは自分次第でいくらでも人生を輝かせることができる。

過去や今日までが幸せなものでなくてもよい。まったく問題ない。

むしろそんなあなたこそ、この先の未来、今日までの経験をすべて活かして、自分で自分をちゃんと幸せにしてあげることができる人だ。

あなたの経験は、この先あなたが出会う今のあなたのような人を助け、笑顔にするとてつもない力がある。

あなたには、それができる。

心配しなくても大丈夫。

あなたは誰かにしてもらわなくても、ちゃんと自分で幸せになれる。


私は、動けない自分が嫌だった。変わらない自分が嫌だった。

誰よりも、変わりたいと、このままじゃ嫌なんだと、何年もそう思っているはずなのに。


不安だった。

一歩踏み出した結果、これ以上状況が悪くなったらどうしよう。動かないほうがよかったと後悔するんじゃないか。そんな不安が先に立って、行動できない時間が長くあった。

でも、「変わりたい」の気持ちは、忘れたころに必ずやってきて、また私に問いかける。

「本当にいいの？　このままでいいの？」と。

ある日、私は同僚と「いつかやってみたいこと」について話していた。

一通り述べた後、次は「お金がない」「できるという保証がない」「子どもがいるから時間がない」そう言って「やりたいことができない理由」を並べ立てていた。

そのとき、彼女がこう言った。

「それさ、何年か前も今の話してたよね。たぶん10年後も同じ話してるんじゃない？だったら今やってみたら？」

たしかにそうかもしれない。そう思った。きっと今行動しなければ5年後も、10年後も、私は同じことを話しているんだろうと。

だったら、今動いてみよう。先のことなんてどうなるかわからない。考えても、答えなんて出ない。でも今の私のままはやっぱり嫌だ！

そこから会社をやめて、一念発起。何もないまま飛び出して、無我夢中で「私にしかできないこと」を探してきた。

もちろん、今日という日に行き着くまでは、不安に押しつぶされそうになって、車を運転しながら何度も一人大声で泣いたこともある。すれ違う車の人も驚いた顔を向けるくらい。

だがそんなくじけそうな私に、ずっと勇気を与え続けてくれた言葉があった。

それはチャイルドマインダー講師、道嶋先生との何気ない会話だった。

「私にしかできないことを探しているけれど、これというものに出会えていない」

そんな話をする私に、授業の帰り道の交差点、信号待ちの時間に先生はこう言った。

「私のまわりでね、夢を叶えていってる人いるけどさ、共通しているのはみんな間違いなく自分で動いた人なんだよね。動けば変わる、やな」

「動けば変わる」

ハッとした。

「やってみたいことがあるのなら、できないことを怖がっていてはいけない。失うものなんて何もないじゃないか。自ら動いてチャンスを掴もう！」

そう強く思った。

父との別れを機に、意識せず「動いてきた」こともあったけれど、その日から迷ったとき、立ち止まったとき、とにかく「動く」ことを意識して選択してきた。

行動はもちろん、自分の心も動くほうを。

結果的に、「手放したもの」はあったけど、「失ったもの」は一つもなかった。

それどころか当時では考えられなかった、高い志と行動力、そして愛を兼ね備えた素晴らしい友人や仲間にも出会えた。そんな多くの皆さまとの出会いによって今の「私」がここに存在してる。

勇気を出して、当たって砕けるくらいの気持ちで、一度でいい。どんなことでもいい。自分の気持ちに従って素直に動いてみる。いつもと違うことをやってみる。「動く」「動かない」はもちろん自分で選択できる。いつも同じように動かなくてもいい。

でもこの本と巡り会ってくださったのであれば、思い切って「動く」を選択してみませんか。

人生を動かすのはあなた自身。
「いつかまた」そう思うなら「今、すぐに」。

あなたがあきらめていたことは何ですか。

あなたが迷っていることは何ですか。

あきらめなくてもいい方法は本当にありませんか。


どんな人生を生きるのか、それを決めるのも選ぶのも親でもなければ、社会でもない。

自分自身だ。自分が思うように生きたらいい。

生きることに意味や理由がないといけないわけでもない。あってもいいし、なくてもいい。例えば障害に意味や理由を見出したい人もいれば、そうでない人だっているのと同じだ。

今はなくても、生きているうちに見つかることだってあるかもしれない。わからないことはわからないまま、保留にしていてもいい。それを探すのもまた人生の面白さだ。

障害があってもなくても、私たちは、大切な人は、世界でたった一人の人間だ。

「普通」って何ですか？　普通になんてならなくていい。
「みんな」って誰ですか？　他の誰かになんてならなくていい。

人と比べなくてもいいし、みんなと同じでなくていい。自分の考えを持っていい。自分は自分でいいじゃないか。

今日まで生きてきたこの道は、自分にしか伝えられない世界でたった一つのメッセージだ。誰しもが自分として誇りを持って生きることが誰かの明日を照らす、希望になるのだ。

私たちは、人と違うからこそ、誰かを支え、誰かの力になることができる。

大丈夫、私たちは自分が思うより100倍すごい。

そこに光がないと思うなら、自分で光を灯せばいい。私たちにはそれができる。
私たちはきっと、自分が思うより強いのだ。

だからどうか、自分をあきらめないで。

私は完璧じゃない。あなたも完璧じゃない。
でも、あなたにしかできないことがきっとある。

この本を今を懸命に生きる、他でもないあなたに届けます。
この本が、あなたの力となり、あなたやあなたの大切な人を笑顔にできますように。

DEAR　お父さん

天国から見てくれていますか。
お父さん、ありがとう。大好きだよ。

あとがき　母であり、女性であり、私である

今から23年前、ちょうど亮さんが脳性麻痺と診断されしばらく経ったころ、私は母から1冊の本を受け取った。

乙武洋匡さんの『五体不満足』である。私は数日かけてその本を読んだ。乙武さんの誕生から今現在に至るまでの人生を綴ったその本を読み終えたとき、なんとも言えない清々しさと、笑顔になっている自分に気がついた。

障害にも、人にも、環境にも言い訳をせず、ひたすらに前を向いて笑顔で強く生きている乙武さんの生きざまがめちゃくちゃかっこよかった。

同時に、多くは出てこなかったのだが、本文中に息子である乙武さん目線で語られるお母さまの言葉や行動に、当時20歳、亮さんの母親として私は数えきれないほ

どの勇気や希望をいただいた。当時の私の子育ての指針は、乙武さんのお母さまだった。

そんな私は「いつか本を出す」という夢を抱くようになった。私の生き方や言葉で、どなたかを勇気づけられるような、どなたかの道を照らす一つの光となれるような、迷ったときにそっと手を伸ばしていただけるような、私が乙武さんの『五体不満足』に生きる力をいただいたような、そんな本を。

そして2022年7月、エグゼクティブプロデューサー永松茂久さんを迎えられたすばる舎さんとTSUTAYAさん、チラヨミさん共催「日本ビジネス書新人賞」の存在を友人から聞き、すぐに応募。300名を超える応募者の中からプロデューサー特別賞を受賞し、ついに20年越しの夢を実現、本書執筆の運びとなった。

そんな私の次の夢は、本書を手に日本全国47都道府県すべてに講演して回り、日本中に生きる勇気、そして未来への希望を届けることだ。残念ながら、先進国7か国の中、唯一15歳から39歳までの死亡原因1位が「自殺」それが私たちの国、日本の現状だ。

さまざまな要因はあるが、共通していること、それは「自分の未来に希望を見いだせない」ということだ。苦しいと思う。つらいと思う。だけどあきらめなければ光はきっとある。なければ、作ればいい。それを伝え続けたい。

「この人に出会えて良かった」

出会えた人に、出会えた子どもたちにそう思ってもらえるかっこいい大人でいることが、私のこの命が尽きるまで掲げ続ける目標だ。日本中を笑顔にする。私は微力だが、きっと無力ではない。そう信じている。

「日本中に届けるって、大きく出たな」なんてどこかで思う自分がいないわけではない。

でも、「子どもは言ったようにはならない。したようになる」という言葉がある。

私が子育てで大切にしている言葉の一つだ。

私はできれば子どもには夢を持って生きてほしいと思っている。もちろん持つ、持たないは自由だし、持てなくても焦る必要はまったくない。

しかしそうと思うのであれば、まずは親である私自身が自分の夢を持っていたいし、追いかけ、実現してゆく姿を見せたい。「子どもたちには自分をあきらめてほしくない」と思うのであれば、私が自分をあきらめずにチャレンジをし続けたいと思う。

「あなたのためにママは自分のしたいことをあきらめてきたんだよ」とか言われても、子どもにとっては迷惑でしかない。もしもそれ、自分の母親に言われたらどう思うだろうか?

私なら重い。いやいや、知らんがな。と、きっと思う。子どもの存在を何かをあきらめる理由にはしない。子どもに失礼だ。

だから、おしゃれも、自分の夢も私は絶対にあきらめない。母であると同時に、女性であり、私なのだ。一人の人間として、子どもたちには、ひっくり返りながら、ときにもがきながらも自分であることに誇りを持って生きようとする私の背中を見て、そこから何かを感じてくれたら嬉しい。

最後に、この本を手に取ってくださったどなたかが、いつか自分も本を書いて誰かに希望を届けられるようになりたいと願い、それが実現されるようなことがあったときには、私にも教えてもらえたら嬉しい。

そしたら私はきっとこう言ってあなたを思い切り抱きしめるでしょう。

「頑張ってきたんだね。今日まで生きてくれてありがとう」

あなたという命がこの先もずっと光り輝きますように。

日本中が笑顔と希望で満ちあふれますように。

畠山織恵

本書執筆にあたり、私を支え続けてくれた南部明日香さん、熊田美佐さん。あなたたち二人がいなければここまでこれなかった。心からの愛と感謝をこの本とともに贈ります。

智くん、お義父さん、お義母さん。いつもありがとう。

つーちゃん。世界一愛しているよ。

お母さん。本の出版を応援してくれてありがとう。お母さんの子どもに生まれて本当に良かった。私を育ててくれてありがとう。

畠山 織恵 はたけやま・おりえ

大阪府堺市生まれ。重度脳性麻痺の息子との暮らしと、能力開発事業に12年間携わった経験を踏まえ、2014年障害児ゆえに不足する「体験・経験」を五感で習得する【GOKAN療育プログラム】を独自監修。障害児支援施設を中心に20施設500名以上へ療育を提供。2018年6月、息子とともに一般社団法人HI FIVE設立。介護・医療従事者向け研修、専門学校や大学での講師を務めてきた。息子との活動の様子が、NHK、BSフジ、朝日放送でのドキュメンタリー、朝日新聞などメディアで多数紹介される。

また、ファッション誌に掲載されるなど「障害を持つ子のお母さんのイメージと違う!」と好評のファッションや、子どもたちとの関わりが垣間見られるSNSでの発信も人気。地方自治体、教育機関を中心に、全国での講演活動を通し、障害児とその家族、支援者の三方向へ「笑顔」と「自信」「未来への希望」を届けてきた。

2022年第1回日本ビジネス書新人賞にて、プロデューサー特別賞を受賞し、デビュー作となる本書を出版。講演・執筆を通じて、多くの人にメッセージを届けていく。

モットーは『動けば変わる』。夫、重度脳性麻痺の息子と10歳差の娘、との4人家族。

ピンヒールで車椅子を押す

2023年7月7日　第1刷発行

著　者　畠山 織恵
発行者　徳留 慶太郎
発行所　株式会社すばる舎
〒170-0013 東京都豊島区東池袋3-9-7 東池袋織本ビル
TEL　03-3981-8651(代表)　03-3981-0767(営業部直通)
FAX　03-3981-8638
https://www.subarusya.jp/

印刷所　シナノ印刷株式会社

落丁・乱丁本はお取り替えいたします

ISBN 978-4-7991-1145-1